Op avontuur met kapitein Kwadraat

Van Peter Smit verscheen eerder bij Uitgeverij Holland:

De strijd om de Beemster

www.uitgeverijholland.nl

Peter Smit

Op avontuur met kapitein Kwadraat

Omslag en illustraties van Saskia Halfmouw

Uitgeverij Holland - Haarlem

Omslag en illustraties: Saskia Halfmouw
Omslagtypografie: Ingrid Joustra

Alle rechten voorbehouden. Niets uit deze uitgave mag worden
verveelvoudigd, opgeslagen in een geautomatiseerd gegevensbestand,
of openbaar gemaakt, in enige vorm of op enige wijze, hetzij
elektronisch, mechanisch, door fotokopieën, opnamen, of enige
andere manier, zonder voorafgaande schriftelijke toestemming van
de uitgever.

© Peter Smit, 2010

ISBN 9789025111144
NUR 281, 282

Jonas hield zijn hand boven zijn ogen en tuurde naar de   5
horizon. Zag hij in de verte ergens de mast van een schip?
Of de vuurtoren van de haven van Brandarius? Hoeveel
uur had hij eigenlijk al gelopen? Hij keek naar de zon, die
fel scheen, maar niet meer zo hoog aan de hemel stond.
Jonas zag dat zijn schaduw bijna net zo lang was als hijzelf.
Het moet nu ongeveer drie uur 's middags zijn, dacht hij.
Dan zou ik toch zo langzamerhand wel een haven of een
schip moeten zien. Of ben ik verkeerd gelopen? Hij haalde
een verfrommeld landkaartje uit de zak van zijn nieuwe
zeemanshemd. Op de kaart stond een eiland, met daarop
een meertje. Dat meertje heette Dodemanskisten. Achter
het meertje stond een vuurtoren getekend, met wat huisjes
ernaast. Dat was Brandarius, het dorpje aan de baai waar
zijn schip zou vertrekken.

Jonas zuchtte. Hij keek naar de lage dennen en de struiken
op de duinen voor hem. 'Allemaal de schuld van mijn
vader,' mopperde hij in zichzelf. 'Zonder hem zou ik
gewoon in Scheveningen een schip hebben gezocht. Of in
Delfshaven, of in Vlissingen. Maar door de slechte naam
van mijn vader lukt dat niet. Simon Sprenkeling heet hij,
maar ze noemen hem Schipper Drenkeling. Omdat hij
altijd met zijn schip ergens vast komt te zitten, waarna het
steevast begint te stormen en het schip door de golven
kapot wordt geslagen. Dat is in een paar jaar drie keer
gebeurd en drie keer is scheepsrecht. Niemand wil hem
meer aan boord hebben, ze denken dat hij ongeluk brengt.

En mij willen ze ook niet aan boord, omdat ik zijn zoon ben.'

Jonas hoorde de stemmen weer in zijn oren.

'Hé, dat is de zoon van Drenkeling, met hem varen we niet,' zeiden de matrozen in Scheveningen.

'Jij bent toch hopelijk geen familie van die brokkenmaker,' zeiden ze in Delfshaven. En in Vlissingen zeiden ze nog veel ergere dingen. En toen moest hij weer terug naar huis lopen, zonder werk en zonder geld. Zijn moeder was wanhopig geweest en had geroepen hoe ze nu verder aan turf en eten moest komen. Zijn oom had raad geweten.

'Hij moet naar een haven waar ze hem niet kennen,' had oom Cornelius gezegd. 'Bijvoorbeeld op een van die eilanden boven Friesland. Daar wonen lui die nog nooit van onze familie hebben gehoord. Dan heeft hij best een kans, want Jonas is een slimme jongen die later vast een goede zeeman zal worden. Dat zie je aan alles.'

Jonas veegde het zweet van zijn gezicht. Hij zette zijn zware plunjezak even op de grond en haalde diep adem. Ik klim naar de top van het duin, dacht hij. En als ik dan nog steeds niets zie dat op een schip of een vuurtoren lijkt, ga ik weer terug.

Honderd stappen later keek Jonas met open mond naar de horizon. Voor zijn voeten lag een glashelder duinmeer te spiegelen in de zon. Achter het meer lag een ander duin, waarboven een vuurtoren en de mast van een schip uitstaken. En achter het schip lag de zee, met blinkende golven zover je kon kijken. Jonas voelde opeens niet meer dat hij die dag al zes uur gelopen had. Eerst over het wad, toen dat bij eb droogviel. En daarna over het eiland tot hij hier was aangekomen, bij het mooiste uitzicht van de wereld. Hij was er gekomen. Hij had het gered. Jonas keek naar de masten van het schip en zuchtte. Toen zag hij iets waardoor zijn hart opeens sneller ging kloppen. Er werd een zeil gehesen! Ik moet rennen, schoot het door zijn hoofd. Het schip gaat vertrekken!

Jonas tilde zijn plunjezak van de grond en holde zo snel hij kon langs het meertje naar het volgende duin. Op de top keek Jonas hijgend en met grote schrikogen naar het schip, dat in een diepe kom vlak voor het strand lag. Overal zag hij mannen. Ze liepen over het dek heen en weer, sjorden aan de touwen, klommen in de masten en bij de voorplecht trokken vier mannen het anker omhoog. Jonas bedacht zich geen moment. Hij rende met grote stappen het duin af, holde over het strand en schreeuwde zo hard hij kon: 'Ahoi! Wacht op mij!'

Een lange man met een hoed hoorde hem als eerste. Hij draaide zich om en keek naar het strand. 'Wie ben jij?'

'Ik heet Jonas,' riep Jonas, die nu bij de waterlijn was. 'Ik kom uit Scheveningen en ik wil meevaren.'

De man met de hoed knikte.

'Ik ben kapitein Kwadraat,' stelde hij zich voor. 'Maar waarom zoek je geen schip bij je in de buurt? Zijn er in Scheveningen geen schepen die matrozen nodig hebben?'

'Ik...' Jonas zocht naar een uitvlucht. 'Ik wil graag met u varen, kapitein Kwadraat. Ik heb veel over u gehoord.'

Jonas hoopte maar dat de kapitein niet zou vragen wat hij dan allemaal gehoord had, want hij zou niets kunnen bedenken. Even was het stil. De kapitein streek met zijn hand over zijn korte puntbaardje en keek schuin in het water.

'Kun je soep koken?' vroeg hij toen.

Jonas knikte. 'Jawel kapitein! Mét ballen en zonder ballen!'

'Met jou meegeteld zijn hier drieëntwintig man aan boord. Hoeveel ballen moet je maken als je ieder een kop soep met vijf ballen erin wilt geven?'

Jonas schudde verbaasd zijn hoofd. Drieëntwintig man? Ieder vijf soepballen? Wat moest hij nu doen? Jonas begon in paniek op zijn vingers te tellen. Toen hij bij tien was begreep hij dat het niet ging lukken en hij stopte.

'Ik... ik weet het niet, kapitein,' zei hij.

'Goed,' zei kapitein Kwadraat. 'Kom dan maar aan boord, want dan ga ik je dat leren.'

Kapitein Kwadraat zette zijn handen aan zijn mond, draaide zich half om en begon bevelen te roepen.

'Lommert Knoest! Baltus Baltus! Loop naar de achtersteven en hijs de bijboot overboord. Die jongen daar op het strand moet nog mee!'

Even later zakte een groen roeibootje langzaam naar beneden. Toen het bootje de golven raakte, gooide een van de matrozen een touwladder uit en klom naar beneden. Het was een oude matroos, zag Jonas toen de boot vlakbij was en de matroos zich omdraaide. Een oude matroos met een kransje grijs haar om zijn verder kale hoofd. En op zijn armen had hij allemaal cijfers getatoeëerd. Jan keek ernaar en probeerde ze te lezen.

1x5= 5
2x5=10
3x5=15
4x5=20
5x5=25

Hij schudde verbaasd met zijn hoofd. Wat betekende dit? De matroos wenkte dat hij in de boot moest stappen. 'Lommert Knoest is de naam,' zei hij. 'Stap in, maatje, haast je wat. We moeten de kom uitvaren nu het nog vloed is. Anders moeten we tot morgen wachten.'

'Ik ben Jonas,' zei Jonas terwijl hij in de boot klom.

'Heb je geen achternaam?' vroeg Lommert Knoest.

'Jonas Sp...' Jonas hield zich nog net op tijd in. 'Jonas Spaans,' zei hij toen snel.

'O, gelukkig,' zei Lommert Knoest. 'Ik dacht dat je Sprenkeling zou gaan zeggen. Jeweetwel, die we schipper Drenkeling noemen.'

Jonas lachte even, maar het klonk niet erg echt.

'Ik heb vroeger nog met schipper Drenkeling gevaren,' zei Lommert Knoest. Hij zweeg en keek Jonas even nauwlettend aan. Die deed net of hij niets in de gaten had en wees naar het schip.

'Hoe heet het schip, mijnheer Knoest?'

'Ik ben geen mijnheer,' antwoordde Lommert Knoest. 'Ik ben matroos. En het schip heet De Zilveren Nul.'

Jonas fronste zijn voorhoofd. 'Nul?' vroeg hij.

'Dat is een nieuw cijfer,' zei Lommert Knoest. 'Je hebt cijfers van een tot en met negen. En nu heeft iemand het cijfer nul bedacht.'

'Hoeveel is nul dan?' vroeg Jonas.

'Niets,' antwoordde Lommert Knoest. 'Ik snap er geen sikkepit van, maar kapitein Kwadraat kan er urenlang over vertellen. Hij vindt de nul een prachtige uitvinding, daarom heeft hij zijn schip De Zilveren Nul genoemd. En nu niet meer over cijfers praten, want ik krijg alweer stekende hoofdpijn.'

Jonas keek naar de getatoeëerde cijfers op de arm van Lommert Knoest. Hij wilde vragen wat ze betekenden en waarom ze er stonden. Jonas had wel vaker tatoeages gezien, maar dat waren altijd bloemen. Lelies, rozen of klavertjes vier. Of ankers. Of zeemeerminnen. Dit was de eerste keer dat hij cijfers zag. Hij keek weer naar het schip en zag dat ze vlak bij de touwladder waren.

Aan dek werd Jonas eerst naar kapitein Kwadraat gebracht. Die knikte hem vriendelijk toe en zei: 'Welkom aan boord, Jonas. We moeten snel aan het werk, want mijn schip moet voor het eb wordt in dieper water zijn. Ga gauw naar de kok, die zit in zijn kombuis en hij heeft vast wel een karweitje voor je. Als we straks op volle zee zijn, stel ik je aan de bemanning voor. Dan hoor je ook over de wetten en de regels van dit schip, want die zijn anders dan gebruikelijk. Nou, vooruit jongen. Doe je best.'

Toen Jonas naar de kombuis liep keek hij nog een keer om. Ze stonden er echt, hij had het goed gezien. Kapitein Kwadraat droeg een zwarte mantel over zijn schouders. En op die mantel waren met zilverdraad allemaal cijfers geborduurd. Op de andere kant van de mantel stonden nog veel meer van zulke tekens. Vreemd, dacht Jonas, maar veel tijd om erover na te denken kreeg hij niet. Toen hij de deur van de kombuis openmaakte, zag hij binnen een flauw lichtschijnsel. In dat schijnsel zat een man met een kogelrond hoofd, die treurig keek en langzaam zijn beide over elkaar geslagen handen op en neer schudde. Vanuit de handen kwam een zacht rinkelend geluid. De man mompelde een spreuk en haalde zijn handen van elkaar. Een tiental zilveren staafjes rolde over het houten tafelblad. De man keek ernaar, knikte en liet een diepe zucht horen.

'Alweer een zware reis,' mompelde hij. 'Vol verschrikkingen en gevaren. Had ik dit maar geweten. Had ik...' De man schudde zijn hoofd en zuchtte nog een keer. Toen keek hij naar Jonas.

'En wie ben jij?'

'Jonas, mijnheer. Ik moet u komen helpen.'

'Een hulp? Nou, dat kan er ook nog wel bij,' zei de man somber. Hij snoof en stak langzaam zijn hand uit.

'Mijn ware naam is IJsbrandt van Donkersloot. Het simpele matrozenvolk noemt mij anders, zoals je zult merken.'

IJsbrandt wees naar een tafel die naast een grote kookketel stond. Die kookketel is net zo rond en glimmend als zijn hoofd, dacht Jonas, alleen tien keer groter.

'Ga daar maar staan, dan kun je uien snijden. De uien zitten in een kist die in de voorraadkast staat. Snij vijftien uien in kleine snippers en doe die snippers in de ketel. Dan is dat alvast klaar, want zodra we op zee zijn zullen we naar de grote mast moeten om naar de toespraak van kapitein Kwadraat te luisteren. Kijk, we zijn al aan het varen. Vooruit jongen, aan het werk.'

Jonas voelde een schok door het schip gaan. Van buiten hoorde hij een schorre stem roepen.

'Lijbras doorhalen! Lijk stijf en beleggen! Hijs het fokzeil!'

Terwijl Jonas de uien aan snippers sneed, hoorde hij nog veel meer bevelen. De meeste kwamen van de man met de schorre keel. Maar juist toen Jonas aan zijn laatste ui wilde beginnen, hoorde hij een heldere stem over het dek schallen.

'Alle hens aan dek! Mannen, allemaal verzamelen bij de grote mast!'

'Nou, leg je mes maar neer,' hoorde Jonas achter zich mopperen. 'Nu ga je merken onder wie je vaart. En dat je beter aan land had kunnen blijven.'

Jonas keek IJsbrandt onzeker aan. Meende hij dit? Maar waarom was hij dan zelf op het schip? Zou hij inderdaad een domme streek hebben uitgehaald door aan boord te gaan? Hij keek naar het sombere gezicht van IJsbrandt.

'Meelopen,' gromde die. 'Of wil je soms met alle geweld een tatoeage hebben?'

Hoofdstuk 2
De toespraak van kapitein Kwadraat

Toen Jonas bij de grote mast aankwam, stond er een hele rij matrozen te wachten. Jonas keek nieuwsgierig de kring rond. Hij zag jonge mannen met grote bossen haar, sterke mannen met baarden en kaalgeschoren hoofden en ook een paar oudere zeelui, onder wie Lommert Knoest. Die knikte hem vriendelijk toe. Jonas ging naast hem staan en keek weer even naar de cijfers die op Lommerts arm waren getatoeëerd. Toen hij daarna de kring nog eens rondkeek, zag hij dat meer matrozen cijfers op hun armen hadden. Wat is dit voor iets vreemds, dacht Jonas, maar hij durfde het niet aan Lommert te vragen. Hij voelde zijn benen trillen van opwinding. Hij had moeite om stil te blijven staan en hipte voortdurend van zijn ene been op het andere.

'Sta eens stil, maatje,' zei de matroos die Baltus Baltus heette. 'Het lijkt wel of je op een mierenhoop hebt gezeten.'

Vanaf het achterdek klonk het geluid van een trompet.

'Tatatá, tatatá!'

De deur van de kapiteinshut zwaaide open en kapitein Kwadraat kwam naar buiten. Hij liep langzaam, maar met grote passen, waarbij zijn zwart met zilver geborduurde mantel achter hem opwaaide. Toen kapitein Kwadraat bij de mast stond klapte hij drie keer in zijn handen, keek de kring rond en begon te praten: 'Mannen, welkom aan boord. Ik wil jullie eerst voorstellen aan een nieuw lid van de bemanning. Hij heet Jonas en hij komt uit Scheveningen. Jonas, stap eens naar voren, zodat iedereen je goed kan zien.'

Jonas voelde dat hij een kleur kreeg. Hij wilde zich het liefst verstoppen, maar Lommert Knoest pakte hem in zijn kraag en duwde hem naar voren.

'Ik heb Jonas aan boord genomen omdat hij soep kan koken,' zei kapitein Kwadraat. 'Met en zonder ballen. En ook omdat we met hem erbij weer met drieëntwintig bemanningsleden zijn, sinds Gijsbert Dirkson geroepen heeft dat hij niet meer mee wil varen.'

'Ja, vind je het gek,' hoorde Jonas achter zich mompelen.

'Jonas is vanaf nu tot nader order allemanshand. Wie hulp nodig heeft, kan dat bij mij of bij de stuurman melden en dan krijgt hij Jonas als helper. Maar zeg eens, Jonas, waarom wil je eigenlijk zo graag met ons meevaren?'

Jonas voelde dat hij een kleur kreeg.

'Toen je op het strand stond, riep je dat je veel over mij had gehoord en dat je graag onder mijn leiding wilde varen,' zei kapitein Kwadraat.

'Ik eh... ik...' hakkelde Jonas, die niet wist wat hij moest zeggen. Toen schoot hem opeens iets te binnen.

'Ik wil graag leren rekenen, kapitein,' zei hij snel.

Kapitein Kwadraat klapte opgetogen in zijn handen.

'Dan ben je op dit schip goed op zijn plaats,' zei hij. 'Maar eerst ga ik voor jou, en voor alle anderen hier aan boord, de geboden voorlezen zoals die op dit schip gelden.

Er mag aan boord niet worden gevloekt en gescholden. Kaartspelen, dobbelen en gokken zijn verboden.

Iedereen moet zijn taken zo goed mogelijk uitvoeren. Op dit schip mogen vier mensen opdrachten geven: de barbier, de bootsman, de stuurman en de kapitein. Wie ongehoorzaam is krijgt eerst een waarschuwing en wordt de volgende keer gestraft.

Iedereen is verplicht om zijn kooi schoon te houden en het is verboden om op het dek te spuwen.

Het gebruik van de gevoegton is verplicht. Niemand mag over de reling plassen. Ook bij zeeziekte moet de gevoegton gebruikt worden.

Niemand, behalve de kok, mag vuur maken en pijproken is verboden. 15

Als de kok vuur maakt is hij verplicht om erbij te blijven zolang het brandt, of om ervoor te zorgen dat iemand deze taak van hem overneemt.

Het houden van gevechten is verboden.

Wie tijdens de wacht in slaap valt wordt streng gestraft.

Wie van een ander steelt of wie het eten van een ander opeet wordt streng gestraft.

'Zoals jullie horen zijn de regels op mijn schip niet anders dan op de meeste schepen,' vertelde kapitein Kwadraat. 'Maar de straffen zijn dat wel. Aan boord van De Zilveren Nul worden geen zweepslagen op de natte gat gegeven. Er worden geen spitsroeden gelopen, er wordt niet gekielhaald en er wordt ook niemand in de ketenen geslagen of aan de mast genageld. In plaats daarvan krijgen overtreders van de regels voor straf een tatoeage. Voor kleine overtredingen wordt op de bovenarm een keersom getatoeëerd. Lommert Knoest, laat de anderen je strafblad eens zien.'

Jonas keek naar Lommert Knoest, die naast hem stond. Lommert stapte naar voren en liet de spierbal waarop allemaal cijfers stonden zien.

'De tafel van vijf is al half klaar,' zei kapitein Kwadraat. 'Dat komt ervan als je telkens weigert om je kooi schoon te houden.'

Jonas keek nu aandachtig naar de bovenarmen van de matrozen rondom. Hij zag dat de meesten wel een paar getatoeëerde keersommen hadden. Een matroos met een gouden ring in zijn oor had er zelfs meer dan Lommert Knoest. Hij had een rij van 1 tot 8, met telkens een vier in het midden. Bij een jonge matroos met vooruitstekende tanden zag Jonas maar een tatoeage, namelijk 1 x 8 = 8. Hij voelde een duw tegen zijn rug.

'Opletten,' zei Lommert Knoest zacht. 'Luister naar de kapitein.'

Jonas keek weer naar de kapitein, die naar een grote matroos met een scheve neus en een lap om zijn hoofd knikte en zei: 'Jabik Veenbaas, doe je hemd over je hoofd.'

De matroos die werd aangesproken kruiste zijn armen voor zijn borst en ging wijdbeens staan.

'Waarom zou ik dat doen,' zei hij.

'Omdat je een keersom op je arm krijgt als je het niet doet,' zei kapitein Kwadraat.

Jabik Veenbaas keek boos en wilde iets terugzeggen, maar trok toch zijn hemd over zijn hoofd. Op zijn rug zag Jonas rijen getallen die van links naar rechts en van boven naar beneden liepen.

$$23 / 10.000 \backslash 434$$

$$4 \times 23 = \underline{92}$$
$$80$$
$$3 \times 23 = \underline{69}$$
$$110$$
$$4 \times 23 = \underline{92}$$
$$\text{rest: } 18$$

'Zoals jullie weten is deze rekensom door mij gemaakt na onze vorige reis, toen wij als beloning voor onze heldenmoed van de goede prins Maurits tienduizend zilveren florijnen kregen om onder elkaar te verdelen. Hoeveel is 10.000 gedeeld door 23? In vroegere tijden zouden wij dagenlang rond de geldkist hebben gezeten om het bedrag muntje voor muntje onder elkaar te verdelen. Maar gelukkig werd het cijfer nul uitgevonden en bedacht de zeer geleerde Simon Stevin de staartdeling. En daarna schreef de grote rekenaar Willem Bartjens een boek waarin alles helder en duidelijk wordt uitgelegd: *Het handboek van de cijferkunstenaar*.'

Kapitein Kwadraat haalde een boek uit zijn jas en hield het hoog in de lucht.

'En wij zitten met de gebakken peren,' hoorde hij Lommert Knoest mompelen. 'Ik loop voor aap met die keersommen op mijn armen.'

Jabik vroeg of hij zijn hemd weer aan mocht trekken. Kapitein Kwadraat knikte. Hij zwaaide nog eens met het boek, stopte het weer in zijn binnenzak en ging verder met zijn verhaal.

'Onze barbier, meester Eibokken, voert de tatoeages uit. Het doet flink pijn, maar niet zoveel als een pak zweepslagen. En daarbij is een tatoeage veel minder gevaarlijk dan kielhalen of aan de mast genageld worden. Uiteindelijk zijn jullie op mijn schip dus beter af.'

'Behalve dat we voor de rest van ons leven voor gek lopen,' bromde Lommert Knoest.

'Voor Jonas heb ik een mooie straf. Jonas, jij krijgt voor elke overtreding een keersom uit de tafel van zeven op je arm

getatoeëerd. Dat is een van de mooiste tafels die er is, alleen de tafel van twaalf vind ik mooier. Maar die heeft Baltus Baltus al, dus die kan ik je niet geven.'

Jonas keek even vreemd op van deze woorden. Het leek wel of de kapitein hoopte dat hij de regels zou overtreden! Hij keek de kapitein aan om te zien of hij geen grapje maakte, maar kapitein Kwadraat streek met zijn hand over zijn puntbaardje en keek met een ernstig gezicht de kring rond.

'Mannen,' zei hij, 'tot zover de regels en de straffen. Nu iets over de reis die we gaan maken. Het zal een moeilijke en gevaarlijke tocht worden. We gaan naar een eiland in de Atlantische Oceaan, vlak voor de kust van Brazilië. Op dat eiland staat een hoge vulkaan en aan de voet van die vulkaan leeft een man die in het Spaans 'El Dorado' heet. In onze taal betekent dat: de Gouden Man. Deze Gouden Man is de leider van een volk dat bekend staat als dapper en strijdlustig. De Gouden Man is de sterkste van dit volk en hij krijgt van zijn onderdanen elk jaar zijn gewicht in goud. Dat goud brengen ze naar de top van de vulkaan, waar een helder meer is. Daar leggen ze het goud in een kano en deze wordt midden op het meer in brand gestoken, zodat het met goud en al naar de bodem zinkt. Dat gebeurt elk jaar, al vele honderden jaren achter elkaar. Er moet dus heel veel goud in het meer liggen, en dat goud gaan wij proberen te halen.'

Even was het stil aan dek. Jonas zag dat een paar jonge matrozen elkaar opgewekt aankeken.

'We worden rijk,' hoorde hij de matroos met de vooruitstekende tanden fluisteren. 'Horen jullie dat? We gaan naar een meer dat helemaal vol met goud zit.'

De oudere matrozen waren niet zo goedgestemd. Het gezicht van Lommert Knoest stond zelfs op onweer.

'Toestemming, kapitein,' zei Lommert. 'Maar voor de kust van Brazilië hebben piraten het voor het zeggen. Morgan de Piratenkoning heeft zijn hoofdkwartier op een van de eilanden in de buurt. En volgens de verhalen heeft Zacharias Hooij er een geheime schuilplaats. Als dat goud echt voor het opscheppen ligt, dan hadden zij het allang weggehaald.'

'Je hebt honderd procent gelijk, Lommert,' antwoordde kapitein Kwadraat. 'Ik zeg dan ook niet voor niets dat we een moeilijke en gevaarlijke reis voor de boeg hebben. De zee rond het eiland zit vol scherpe rotsen, verraderlijke stromingen en hongerige haaien. De mannen die op het eiland leven zijn dappere vechtjassen. De vulkaan rommelt en spuwt af en toe vuur en dodelijke gassen uit. Maar toch denk ik dat we een kans hebben. En als mijn berekeningen kloppen, komen we allemaal met een flinke buit terug, net als na de vorige reis.'

Weer was het even stil aan dek.

Kapitein Kwadraat sloeg zijn armen over elkaar en keek zijn mannen ernstig aan. 'Mannen, ik merk aan alles dat jullie vrees hebben voor de reis die komen gaat. Nu heb ik al gezegd dat het een gevaarlijke reis gaat worden. Maar het is in geen geval zo dat ik dit schip met man en muis zal laten vergaan. Dat zou ik mijn mannen nooit aandoen. Bovendien ben ik dan zelf ook alles kwijt, want dit schip is mijn enige bezit. Zoals ik zei: we gaan naar een eiland met een rokende vulkaan. Maar de mensen die op dat eiland leven, staan erom bekend dat ze heel oud worden. Het vorige opperhoofd is negenennegentig jaar geworden en het opperhoofd dat nu regeert, is al zestig. Het is dus zeker niet waar dat het eiland ongezond is. Er moet dus een andere reden zijn waarom mensen die er aan land gaan niet meer terugkomen. Die reden ga ik uitzoeken en pas als ik hem gevonden heb gaan wij aan land. Ikzelf als eerste, dat beloof ik jullie op mijn woord van eer als kapitein ter zee. Dan het tweede gevaar: de piraten. Die zijn niet meer zo gevaarlijk als een paar jaar geleden. Tel maar met mij mee: Zwartbaard is dood, hij kreeg een sabelhouw over zijn keel en twee kogels in zijn ribbenkast. Houtepoot is met pensioen en Bloedige Marie zit in de gevangenis te wachten op haar doodvonnis. Morgan de Piratenkoning valt alleen nog steden en grote handelsvloten aan, die vindt zichzelf veel te groot en te machtig om een scheepje als dit te achtervolgen. Eigenlijk hebben wij maar van één piraat iets te duchten, en dat is Zacharias Hooij.'

'Zack Hooij, die ken ik,' zei Lommert Knoest. 'Hij is nergens bang voor, maar hij is zo dom als een garnaal met een hersenschudding.'

Een paar matrozen begonnen te grinniken. Baltus Baltus stak zijn hand op.

'En die zeemonsters,' vroeg hij. 'Hoe zit het daarmee? Ik hoorde laatst in de haven vertellen over octopussen zo groot als pakhuizen en zeeslangen die je schip kunnen kraken.'

'Zeemonsters zijn overal,' zei kapitein Kwadraat. 'Reuzenhaaien, potvissen en octopussen zwemmen in alle oceanen en als je daar bang voor bent kun je beter aan land blijven. Daar zit je veilig, tussen de gifslangen, de schorpioenen, de dolle stieren en de wilde bloedhonden. Neem dit van mij aan mannen: wie bang is voor gevaarlijke dieren moet boven op een rokende vulkaan gaan zitten. Dat is de enige plek op aarde waar bloeddorstige monsters niet durven komen.'

Nu begonnen de matrozen te grinniken. Kapitein Kwadraat klapte in zijn handen, ten teken dat hij was uitgesproken en dat iedereen weer aan het werk kon gaan.

'Tsja,' zei Baltus Baltus, terwijl de kapitein naar zijn hut liep. 'We hebben de laatste keer goed verdiend. Mijn vrouw heeft van het geld een weitje gekocht, groot genoeg voor een melkkoe en een paar schapen. En toen hadden we nog geld over voor een hok met kippen en een nieuw dak op ons huis, want dat was nodig.'

Baltus Baltus keek naar Jabik Veenbaas. 'Het lekte namelijk,' zei hij.

'Dat hoef je aan mij niet uit te leggen,' zei Jabik. 'Als jij een nieuw dak wilt, dan neem je een nieuw dak. Al zet je twee daken op elkaar.'

Nu stak IJsbrandt zijn hand op. Een paar matrozen stootten elkaar aan en begonnen te grinniken.

'Stil jongens, Doempie de Kanenbraaier gaat prediken,' zei een jonge matroos met een spottend gezicht.

Jonas keek daar even vreemd van op. Doempie de Kanenbraaier? Hij merkte dat IJsbrandt beledigd naar de jonge matroos keek.

'De honden blaffen, maar de karavaan rijdt verder,' zei hij. 'Maar waar ik voor wil waarschuwen zijn de draaikolken in de oceaan en de reusachtige monsters die op de bodem van die draaikolken wonen. Die zitten daar met hun bloed bespatte muilen wijdopen, te wachten op onvoorzichtige zeelui. Ik heb vanochtend mijn staafjes geworpen en de voorspellingen luiden allemaal hetzelfde: wij zijn verdoemd. Wij zijn mannen die zojuist aan hun laatste grote reis zijn begonnen. Jullie zien het niet, maar de ijskoude vinger van de dood wenkt ons naderbij. Donkere wolken zullen weldra boven dit schip hangen, om niet meer weg te gaan. Slechts uiterste oplettendheid kan ons nog redden.'

'Dat zei je vorige keer ook,' zei de jonge matroos.

'Vorige keer zijn we door een wonder aan de dood ontsnapt,' antwoordde IJsbrandt.

Een paar oudere matrozen bromden instemmend.

'Het scheelde inderdaad niet veel,' zei Baltus Baltus.

'Zeggen de voorspellingen nog iets over piraten?' vroeg Lommert Knoest.

IJsbrandt knikte. 'Ja, maar dat is te gruwelijk om hier te vertellen. Er zijn tenslotte jonge jongens bij. Wat ik erover kwijt wil, is dat een aantal van ons een vreselijk lot te wachten staat. Het enige wat ik voor jullie kan doen is ervoor zorgen dat jullie straks goed gevoed het dodenrijk betreden. Ik zal op deze reis daarom extra goed voor jullie koken en van elk maal een waarachtig galgenmaal proberen te maken.'

'Nou, dat klinkt weer opwekkend,' zei Jabik Veenbaas.

'Klopt het eigenlijk,' vroeg Lommert Knoest, 'dat een boef die de doodstraf krijgt voor hij wordt opgehangen zelf mag kiezen wat hij eten wil?'

IJsbrandt knikte weer. 'Maar je mag alleen kiezen uit wat er is,' zei hij. 'Als je midden in de winter om aardbeien vraagt dan is het niet zo dat je uitstel van executie krijgt tot eind mei, omdat er dan weer aardbeien zijn.'

'O, dat is jammer,' zei Jabik Veenbaas.

'Lust jij dan zo graag aardbeien?' vroeg Lommert Knoest.

Jabik Veenbaas schudde zijn hoofd. 'Nee, maar ik had het plan om een stuk gebakken zeemonster te vragen. Zodat ze dan jaren en jaren bezig zouden zijn met zo'n ondier te vangen, als dat ooit zou lukken tenminste.'

24 Toen ze in de kombuis terug waren, ging IJsbrandt aan tafel zitten en maakte hij de leren buidel, die hij aan een veter om zijn nek droeg, open. In de buidel zaten zilveren staafjes en een glazen oog. Jonas zag hoe IJsbrandt het glazen oog in een karaf vol water stopte en zo neerlegde dat het naar het tafelblad keek. Daarna schudde hij de zilveren staafjes in zijn beide handen heen en weer, maar voor hij ze over de tafel kon uitstrooien, ging de deur open. Baltus Baltus kwam binnen, met in zijn kielzog de jonge matroos met de vooruitstekende tanden.

'Wat moeten we doen?' vroeg Baltus Baltus. 'De zee waar we heengaan is echt levensgevaarlijk. Er zwemmen kwallen zo groot als pakhuizen en er zijn vliegende vissen die vlees eten. Die springen daar tientallen meters door de lucht en bijten in één hap je oren eraf.'

'Dat eiland is verdoemd,' zei de jonge matroos. 'Er zijn al veel schepen heen gezeild, maar nooit kwam er iemand levend terug. Wie daar voet aan land zet is verloren, ik zweer het je, zowaar ik Krijn Haring heet.'

Jonas keek naar de jonge matroos die Krijn heette. Hij zag de tatoeage op zijn arm, de eerste regel van de tafel van acht. Dat scheelt maar één cijfer met mijn tafel, dacht Jonas. Waarvoor zou hij die straf gekregen hebben? Jonas wilde het vragen, maar hij durfde niet goed. Stel je voor, dacht hij, dat hij dan aan mij ook dingen gaat vragen. Over mijn familie bijvoorbeeld. Als ik dan per ongeluk zeg hoe ik echt heet, heb je de poppen aan het dansen.

De deur ging opnieuw open. Dit keer kwam Lommert Knoest binnen.

'Mijn broer heeft die vulkaan een keer uit de verte gezien,' zei hij. 'Het lijkt een prachtige berg, met veel bomen en bloemen op de hellingen. Maar ineens begon hij te rommelen en 25 kwam er rook uit de top. De matrozen van een ander schip waren juist bezig om de berg te beklimmen om het goud uit het meer te halen. Ze zijn nooit meer teruggekomen.'

'Ook dat nog,' kreunde IJsbrandt. Hij schudde mistroostig met zijn hoofd en haalde diep adem. Toen sloeg hij met beide handen plat op de tafel.

'Jonas, we gaan soep koken. Anders krijgen we straks nog honger ook. Maak jij balletjes? In de kist ligt een grote bak met gehakt. Maak voor ieder zeven ballen, want zeven is een geluksgetal en geluk kunnen we op deze reis wel gebruiken.'

Jonas pakte de kist met gehakt en zette hem op tafel.

'Hoeveel balletjes moet ik dan maken,' vroeg hij.

IJsbrandt stroopte de mouw van zijn hemd op. Jonas zag een rijtje tatoeages. IJsbrandt wees de onderste aan. $7\times23=161$.

'Zoveel,' zei hij. 'Dus ik zou maar snel beginnen.'

Terwijl Jonas 161 soepballetjes draaide, praatte IJsbrandt over het leven aan boord. Hij zei gelukkig niets meer over monsters en kannibalen, want van die verhalen was Jonas flink geschrokken. In plaats daarvan vertelde hij over wat een koksmaat moest weten.

'Je moet altijd opletten hoe warm het is,' vertelde IJsbrandt. 'In de winter kun je vers vlees wel een week bewaren, maar in de zomer moet het na een paar dagen op zijn, anders is het bedorven en moet je het weggooien. Het ingezouten vlees kun je wel langer bewaren. Dat vlees zit in de kuipen die in de voorraadkast staan. Kaas kun je als het koud is goed bewaren maar als het warm is niet. Brood kan nooit bewaard worden, dat moet binnen een week op zijn. Net als sla en andijvie, die blijven ook niet langer dan een week goed. Ik heb vlak voor we vertrokken bij een boer op het eiland verse groenten, appels, vlees, uien, melk, meel en gehakt gekocht. Daar gaan we dus de eerste week mee koken. Pas als dat allemaal op is, beginnen we aan de voorraden in de kast. Vandaag eten we groentesoep, morgen appelmoes met suddervlees, overmorgen stamppot van wortelen en uien met gehaktballen en daarna spekpannenkoeken met stroop en augurken. Vervolgens maken we soep van de restjes die we nog over hebben, en dat doen we net zolang tot al het verse eten op is. En pas daarna gaat voor ons het echte werk beginnen. Pekelvlees, stokvis, gezouten varkensbouten, gortenpap, erwten en bonen en scheepsbeschuit, alle dagen scheepsbeschuit. Als je daar iets lekkers van weet te maken, dan ben je pas een echte scheepskok.'

Jonas knikte en keek naar de soepballetjes die hij gemaakt had.

'Je kunt het best met de tafel van zestien werken,' zei IJsbrandt. 'Dan maak je tien rijen van zestien balletjes en doe je er als je klaar bent nog een balletje extra bij. Dan kom je precies uit.'

Jonas schraapte zijn keel.

'Vraag gerust als je wat wilt weten,' zei IJsbrandt. 'Als je maar doorwerkt.'

'Waarom wil iedereen met kapitein Kwadraat varen? De matrozen lopen alleen maar op hem te mopperen.'

'Omdat ze op dit schip veel verdienen,' antwoordde

IJsbrandt. 'Kapitein Kwadraat deelt alles eerlijk. De meeste kapiteins doen dat niet. En...' IJsbrandt hield zijn hoofd schuin. 'Ik weet het niet zeker,' zei hij toen, 'maar het lijkt wel of die rare rekensommen er ook mee te maken hebben. Toen ik op andere schepen werkte verdiende ik ook wel eens veel geld, maar dat geld was meestal heel snel op. Sinds ik met kapitein Kwadraat vaar houd ik altijd geld over.'

Jonas knikte en schraapte nog een keer zijn keel. 'Doet tatoeëren erg veel pijn?' vroeg hij benauwd.

IJsbrandt haalde zijn schouders op. 'Ach, het is geen pretje. Maar vergeleken met zweepslagen, kielhalen en aan de mast genageld worden stelt het niet zoveel voor. Ik heb een keer een pak voor mijn natte gat gekregen omdat ik voor mezelf stiekem een varkenskluifje teveel had opgeschept. Nou, toen kon ik door de striemen en de zwellingen een week niet zitten. En mijn oude leermeester Olivier Troost is een keer in de Poolzee gekielhaald. Die heeft een week bewusteloos op bed gelegen en kon daarna niet meer gewoon praten. Hij zong alleen nog kinderliedjes, zoals Ienemienemutten en Karretje op de Zandweg. Het leek wel of hij de rest van zijn woorden was vergeten. En er zijn matrozen op ons schip die nog veel ergere straffen hebben meegemaakt. Vraag maar eens aan Lommert Knoest, die heeft nog onder kapitein Kerkhof gevaren en kan je er van alles over vertellen. Gruwelijkheden heeft hij gezien, waarachtige gruwelijkheden.'

IJsbrandt schoof een blikken trommel naar Jonas toe. 'Hier, ga deze gelukskoeken maar uitdelen. Dat we maar een goede reis mogen beleven. Bij de kapitein beginnen, anders heb je al op de eerste dag een tatoeage te pakken.

Eerst krijgt de kapitein, dan de stuurman, dan de bootsman en dan de barbier. En daarna de matrozen. En zeg tegen de matrozen dat ze een voor een naar de kombuis moeten komen voor een kroes bier.'

'Krijgen de kapitein en de stuurman dat niet?' vroeg Jonas. IJsbrandt schudde zijn hoofd. 'Die drinken portwijn,' zei hij. 'De kapitein heeft een eigen vaatje meegenomen.'

Terwijl Jonas met de blikken koektrommel naar de kapiteinshut liep, zag hij dat niemand werkte. De matrozen stonden in kleine groepjes en praatten met gedempte stemmen. Ze keken somber.

'Dit is overmoed,' hoorde Jonas zeggen toen hij langs het groepje van Lommert Knoest liep. 'Dit gaan we bezuren, ik voel het.'

Toen Jonas langs het groepje met Jabik Veenbaas liep hoorde hij: 'We stonden voor de poorten van de hel en zijn ontsnapt. En wat gaan we doen? Terug naar de poorten van de hel. Orders van kapitein Kwadraat.'

Jonas haalde diep adem en klopte op de deur van de kapiteinshut.

'Binnen.'

In de hut stond een grote tafel waarop een zeekaart lag. Aan weerskanten van de tafel stonden kapitein Kwadraat en een brede man met een kaal hoofd, een grote snor en enorme spierballen. Kapitein Kwadraat knikte naar Jonas.

'Dit is meester Eibokken, onze barbier,' zei hij.

Jonas voelde zijn hart in zijn schoenen zinken. Was dit de man die de tatoeages maakte? Hij keek naar de enorme knuisten van de kerel. Daaruit kon je niet ontsnappen, dat was duidelijk. Deze vent zag eruit alsof hij een dolle stier met zijn blote vuisten kon neerslaan. Alsof hij met één trap een deur doormidden kon schoppen. Zou hij munten tussen zijn vingers krom ku...

'Je komt gelukskoekjes brengen?' vroeg kapitein Kwadraat.

Jonas keek op en haalde haastig het deksel van de trommel.

'Alstublieft kapitein.'

'Dank je jongen. Op een goede reis.'

Jonas keek voorzichtig naar meester Eibokken, maar die schudde zijn hoofd.

'Eerst de stuurman,' zei hij. 'Regels zijn regels.'

Kapitein Kwadraat knikte.

'Daar had je bijna je eerste tatoeage te pakken,' zei hij. 'Je mag meester Eibokken wel dankbaar zijn.'

Jonas keek weer naar het norse hoofd van meester Eibokken.

'Eerst de stuurman, dan de bootsman en dan ik,' zei hij. Jonas hoorde dat hij een hoge stem had, wat vreemd was voor zo'n reusachtige kerel.

'Dank u, meester Eibokken,' zei hij gesmoord.

Bij het verder uitdelen van de gelukskoeken merkte Jonas dat de matrozen nog ongeruster waren geworden.

'Wie die rook inademt wordt eerst blauw,' hoorde hij zeggen. 'Anderen denken dan dat je dood bent, maar dat is niet zo. Je sterft pas uren later, onder helse pijnen.'

'Er komt ook bliksem uit die vulkaan. En wie daarin kijkt is in één keer blind.'

'Het eiland ligt in peilloos diep water en wordt bewaakt door een reusachtige octopus. Die indianen voeren dat monster elke dag een levend paard. Dat zetten ze op het strand vast en dan komt het monster uit zee om het van zijn touw los te rukken en in één hap op te eten.'

Jonas hoorde een tikkend geluid. Het duurde even voor hij merkte dat het zijn eigen tanden waren, die van angst op elkaar klapperden.

'Sst... Sst... straks b-b-bier halen,' stamelde hij. 'B-b-bij de kok.'

Een paar van de jonge matrozen zagen lijkbleek en pakten hun koek met trillende handen. Oudere matrozen zuchtten voortdurend diep en kraakten met de botjes van hun vingers. Jonas voelde dat zijn knieën begonnen te knikken. Was ik maar nooit naar dat eiland gelopen, dacht hij. Was ik maar teruggegaan toen ik Dodemanskisten niet kon vinden. En waarom heette dat meertje eigenlijk Dodemanskisten? Omdat iedereen die het ziet niet lang meer te leven heeft?

Jonas voelde dat hij misselijk werd van angst en liep naar de zijboord van het schip. Nog net op tijd herinnerde hij zich dat het verboden was om overboord te braken. Daarvoor moest je de gevoegton gebruiken, maar waar was die? Hij keek in paniek om zich heen. Waar was die ton? Toen hij zijn mond opendeed om het te vragen voelde hij zijn maag omdraaien. Hij draaide zich bliksemsnel om en spuugde overboord. Achter zich hoorde hij een deur opengaan. Daarna klonk de stem van kapitein Kwadraat.

'Jonas, je bent er gloeiend bij. Je hebt je eerste tatoeage te pakken, jongen. Meester Eibokken, zet het eerste deel van de tafel van zeven op zijn arm. Breng hem naar de grote mast!'

Voor hij iets kon zeggen, werd Jonas vastgegrepen en op de zwarte houten tafel gelegd die bij de grote mast stond.

Meester Eibokken maakte zijn schoudertas open en haalde er een blauwe doek, een fles rum, een paar potten inkt en een bundel lange naalden met scherpe punten uit. Jonas wilde zich los worstelen, maar hij begreep dat het geen zin had. De handen die hem beet hadden waren te sterk. Hij zag met grote angstogen hoe meester Eibokken wat rum op de blauwe doek liet lopen en daarmee zijn bovenarm inwreef. Daarna doopte hij de punten van de naalden een voor een in de rum.

'Zo gaat het niet zweren,' zei hij met hoge stem. Vervolgens pakte hij een lage kruk en ging naast de tafel zitten waar Jonas op lag. Die kon het gezicht van meester Eibokken nu goed zien. Hij zag dat meester Eibokken geen echte snor had, maar dat het een tatoeage was: een snor met opgekrulde punten. Op de punten van de snor zaten lieveheersbeestjes.

'Zal ik de cijfers in donkerblauw doen en de symbolen in rood?' vroeg meester Eibokken.

'Wat... wat zijn symbolen?' vroeg Jonas met trillende stem.

'Dat zijn deze dingen,' zei Lommert Knoest. Hij rolde zijn mouw op en wees naar de X en naar de =.

'Ja, doe maar,' hakkelde Jonas.

Meester Eibokken doopte een naald in een flesje inkt. Jonas zag de naald naar zijn arm toekomen en deed zijn ogen dicht. Even later voelde hij een korte, scherpe pijn.

'Dat is een,' zeiden de matrozen in koor.

Toen hij klaar was, zei meester Eibokken: 'Zo jongen, je eerste tatoeage staat erop. Mannen, wat vinden jullie ervan?'

'Het staat er mooi op,' zei Lommert Knoest.

'Veel beter dan laatst bij Gijsbert Dirkson,' zei Jabik Veenbaas.

Het gezicht van meester Eibokken vertrok. 'Daar kon ik niets aan doen,' zei hij. 'Ik kreeg verkeerde getallen en toen moest ik de uitkomst doorstrepen en opnieuw beginnen. Wat had ik dan moeten doen? Ik kan hem toch niet laten rondlopen met een som die niet klopt?'

'Als wij iets doms doen krijgen we een tatoeage,' zei Jabik Veenbaas gemelijk. 'En de hoge heren aan boord hoeven alleen maar sorry te zeggen.'

'Jabik, dat is niet waar,' zei Lommert Knoest fel. 'Je loopt de boel weer op te stoken. Meester Eibokken en de bootsman hebben ook tatoeages.'

'Dit is het bewijs,' zei meester Eibokken en hij trok zijn hemd omhoog tot aan zijn borst. Op zijn buik stond een kaart van een eiland met palmbomen erop en dolfijnen en kleine scheepjes eromheen.

'Als we dit eiland ooit terugvinden zijn we rijk,' zei meester Eibokken. 'Dus kijk maar goed, want dit is het eiland waar Zwartbaard een schat heeft begraven. Zelf is hij dood en zijn matrozen ook, dus ik ben de enige die weet waar de schat ligt.'

'Waarom gaan we daar dan niet naar op zoek,' zei een jonge matroos.

Lommert Knoest zuchtte. 'We weten niet in welke zee het eiland ligt,' legde hij uit. 'Zwartbaard liet een kaart zien en meester Eibokken heeft goed gekeken en diezelfde nacht de kaart op zijn buik nagemaakt. Maar Zwartbaard zei er niet bij waar het eiland lag. Het kan bij Amerika zijn, maar ook bij Afrika of India. Maar als we het ooit vinden zijn we rijk, want er liggen meer dan twintig kisten vol met goud en edelstenen.'

'Tsja,' zei Baltus Baltus. 'Dat is dan zoeken naar een speld in een hooiberg.'

Meester Eibokken liet zijn hemd weer zakken. Hij pakte de fles rum en maakte de doek ermee nat.

'Nog even nadeppen,' zei hij tegen Jonas. 'Je zult vandaag en morgen een stijve arm hebben.'

'Zolang dat duurt heb ik niets aan je,' zei IJsbrandt. 'Ga Lommert Knoest maar helpen, die staat op de uitkijk. Zodra je arm goed is heb ik weer werk voor je.'

Die avond stonden Jonas en Lommert Knoest bij de boeg-spriet van het schip op wacht.

'We krijgen voorlopig geen land in zicht,' zei Lommert Knoest. 'Want we varen midden op de Noordzee. Pas over drie of vier dagen komen we bij Schotland. Daar moet je goed uitkijken, want er zijn veel rotsen en kleine eilandjes. Hier moeten we alleen op andere schepen letten.'

'Dat we er niet tegenaan botsen?' vroeg Jonas.

'En dat het geen kapersschepen zijn uit Duinkerken,' zei Lommert. 'Want als die ons te pakken krijgen, gooien ze ons overboord.'

Jonas keek geschrokken naar de horizon, maar gelukkig was er geen schip te zien. 'Is Zacharias Hooij ook een Duinkerker kaper?' vroeg hij.

Lommert Knoest schudde zijn hoofd.

'Nee, hij komt uit Akersloot, een dorpje aan het Alkmaardermeer. Ik ken hem goed omdat ik vroeger met hem heb gevaren. Hij was toen matroos, net als ik. Hij was een goede zeeman en hij werkte hard, maar hij werd gepest omdat hij zo dom was. Hij werd piraat nadat we een keer een reis om de wereld hadden gemaakt. We vertrokken op 1 mei en we kwamen op 5 mei terug, maar dat was ruim een jaar later. De kapitein zei toen tegen Zack: "We gingen op 1 mei weg en nu is het 5 mei, hoeveel dagen zijn dat?" Zack Hooij gaf toen als antwoord: "Vijf dagen, kapitein". Toen kreeg hij vijf dagen loon uitbetaald. Dat was natuurlijk veel te weinig. Zack voelde dat het niet klopte, maar hij kon niet zeggen wat er fout aan was. Daar was hij te dom voor. Iedereen lachte hem uit, ik ook. Daar heb ik nu spijt van, want Zack Hooij is toen van boosheid piraat geworden. Als wij hem toen niet zo voor de gek hadden gehouden was dat misschien niet gebeurd.'

Jonas knikte. Hij keek naar zijn tatoeage en strekte zijn arm.

'Morgenochtend heb je het meeste last,' zei Lommert Knoest. 'Zo gaat het bij mij tenminste. De eerste dag voel je prikkende jeuk, de tweede dag heb je last van stijve spieren en de derde dag gaat het weer beter.'

Jonas knikte en keek naar de getallen en tekens op zijn arm.

'Gaan die er echt nooit meer af,' vroeg hij.

'Nooit meer,' zei Lommert Knoest. 'En reken er maar op dat er nog een paar tatoeages bijkomen, als jij onder kapitein Kwadraat blijft varen. De tafel van zeven is zijn lievelingstafel. Die wil hij altijd zo snel mogelijk compleet hebben.'

Jonas keek weer naar de rode tekens en de donkerblauwe cijfers op zijn arm. Hij zuchtte. Lommert Knoest klopte hem op de schouder.

'Je went eraan,' zei hij. 'En nu weer opletten, want we staan hier niet voor niets op wacht.'

Jonas keek naar de horizon. De zon zakte langzaam achter de einder en kleurde dieprood. De toppen van de golven blonken in de laatste zonnestralen.

'Morgen mooi weer,' zei Lommert.

36   In de week die volgde merkte Jonas dat de wind langzaam-
aan warmer werd en de zon feller. Van Lommert hoorde hij
dat dit kwam omdat ze naar het zuiden zeilden en steeds
dichter bij de evenaar kwamen.

'Nu is het lekker,' waarschuwde Lommert, 'maar het wordt
vanaf nu elke dag een beetje warmer en straks wordt het
echt snikheet. Als je dan met blote voeten op het dek loopt,
krijg je brandblaren onder je voeten.'

Al een paar dagen later merkte Jonas dat dit klopte. De zon
scheen zo fel dat je rond het middaguur in de schaduw
moest gaan zitten om niet te verbranden. De stemming
onder de matrozen sloeg om. De matrozen werden zwijg-
zaam en vertelden elkaar geen grappen en sterke verhalen
meer. Op een ochtend merkte Jonas dat de zeilen slap naar
beneden hingen en het schip roerloos op het water lag.

'We zitten in de doldrums,' zei IJsbrandt met sombere
stem.

'Doldrums?' vroeg Jonas, die bezig was uien in plakken te
snijden.

'Dat is een andere naam voor paardenbreedten,' zei de kok.
'Ik zeg altijd doldrums omdat ik dat een betere naam vind.
Je kunt er helemaal dol worden. De stuurman en de kapitein zeggen paardenbreedten. Dat komt door een oud verhaal. Een Griekse kapitein was op weg met een scheepsla-
ding paarden, die hij naar een eiland voor de kust van
Afrika moest brengen. In de buurt van de evenaar kwam hij

in een windstilte terecht. Zijn schip kwam geen meter meer vooruit, de zeilen hingen slap naar beneden en de zon brandde ongenadig heet op het dek. Na een paar dagen kreeg iedereen hoofdpijn, weer een paar dagen later was het drinkwater bijna op. De matrozen hingen van narigheid over de zijboorden en kreunden en smeekten om een beetje wind. Maar dat kwam niet. Toen heeft de kapitein de paarden overboord laten zetten en ze met touwen voor het schip gespannen. Volgens het verhaal trokken de zwemmende paarden het schip vooruit en sindsdien heten de plekken waar vaak windstilten zijn de paardenbreedten. Zelf geloof ik niet dat het zo gegaan is. Ik denk dat hij de paarden overboord heeft gezet omdat het drinkwater op was. En dat de paarden toen ze eenmaal in zee lagen snel verdronken zijn.'

IJsbrandt schudde langzaam met zijn hoofd en zuchtte. Hij pakte de zilveren staafjes, schudde ze in zijn handen heen en weer en strooide ze over het tafelblad uit. Even keek hij aandachtig naar de staafjes, die kriskras door elkaar lagen. Daarna sloeg hij zijn handen voor zijn gezicht en kreunde: 'Nee hè.'

Toen Jonas even later kommen uiensoep naar de kapitein en de stuurman bracht, voelde hij zweetdruppels over zijn rug en wangen lopen. Vanuit de mast hoorde hij verwensingen mompelen. Jonas keek op. Hoog boven zijn hoofd zag hij Jabik Veenbaas in het kraaiennest zitten. De zeilen, die gisteren nog bol hadden gestaan van de westenwind, hingen slap naar beneden. Net lakens die uit het raam worden gehangen om te luchten, dacht Jonas. Hij dacht aan zijn moeder. Was het vandaag vrijdag? Dan zou ze nu in de keuken staan en makrelen bakken. Gebakken makreel met tuinbonen en roggebrood. Hoe lang zou deze reis nog duren? Jonas kreeg het even benauwd. Hij voelde een steek in zijn borst en zijn keel voelde hard en droog. Zou zijn vader al een schip gevonden hebben? Dan zat zijn moeder nu alleen thuis. Zou ze misschien even aan hem denken, terwijl ze de boontjes dopte?

Jonas hoorde een plonzend geluid en keek op. Het was Baltus Baltus, die de gevoegton in zee leeggooide. Meteen daarna kwam de stem van Jabik Veenbaas uit het kraaiennest hoog in de mast.

'Wat doe je nou,' riep hij. 'We zitten in een windstilte! Dan ga je de ton toch niet vlak naast het schip leeggooien!'

Baltus Baltus keek even dom naar de top van de grote mast, waar Jabik in het kraaiennest zat.

'Barrel,' zei hij. 'Daar dacht ik even niet bij na.'

Van IJsbrandt hoorde Jonas waarom Jabik zich zo druk maakte. 'Zolang er windstilte is, blijft alles wat je overboord gooit vlak naast het schip drijven. De drollen uit de gevoegton net zo goed als de uienschillen, de kaaskorsten en de uitgeperste citroenen. Baltus had de gevoegton in de bijboot moeten hijsen en een stuk van het schip weg moeten roeien. Nu zitten we een week of langer tegen onze eigen drollen aan te kijken.'

Even keek IJsbrandt somber zwijgend voor zich uit.

'Niet dat dat het ergste is,' zei hij toen langzaam.

Vanaf het dek klonk het geluid van een trompet. Daarna hoorde Jonas de stem van kapitein Kwadraat.

'Verzamelen bij de grote mast!'

Even later stonden IJsbrandt en Jonas op het dek. Kapitein Kwadraat en meester Eibokken stonden er al, meester Eibokken had een grote trom op zijn buik en in zijn hand een trommelstok. Terwijl de andere matrozen aan kwamen lopen zetten twee van de mannen de grote, zwarte eettafel op zijn kant. Toen iedereen er was streek kapitein Kwadraat over zijn sikje en klapte hij drie keer in zijn handen.

'Mannen, we zitten in een windstilte, dus er is voorlopig geen werk aan boord. Maar we gaan de tijd toch nuttig besteden en dat gaan we doen door de tafels te leren. De tafels van een tot tien moeten jullie uit je hoofd kennen, anders leer je nooit goed rekenen. Dus gaan we die tafels opdreunen, opdreunen, opdreunen! Meester Eibokken doet het voor, jullie herhalen wat hij zegt. Meester Eibokken, sla de maat en zing de tafel van twee. Beginnen!'

Meester Eibokken gaf een klap op de trom en zong: 'Een keer twee is twee.'

De matrozen zongen het na.

'Een keer twee is twee.'

Hierna zong meester Eibokken: 'Twee keer twee is vier.'

Jonas hoorde dat meester Eibokken een hoge, maar heel zuivere stem had. Het geluid dat de matrozen samen maakten was lang zo mooi niet. Een paar zongen vals, andere stemmen kraakten en Lommert Knoest begon steeds te laat, zodat hij ook te laat eindigde.

'Twee keer twee is vier.'

'Doe mij maar een kroes bier,' zong iemand die achter Jonas stond zachtjes. 'Allemachtig, wat is het warm.'

Zo ging het bijna een uur lang. Alle tafels van een tot tien werden gezongen. Jonas merkte dat de matrozen steeds minder zin kregen. Een paar begonnen met opzet vals en

langzaam te zingen. Na de tiende tafel zei kapitein Kwadraat dat er even pauze was en gaf hij Jonas opdracht om kroezen bier rond te delen vanwege de hitte. Hierna ging de les weer verder, maar er werden geen tafels meer opgedreund. In plaats daarvan schreef kapitein Kwadraat met krijt allemaal getallen op het zwarte tafelblad en begon hij te vertellen.

'Mannen opletten, want wat ik nu ga zeggen is belangrijk. Al sinds er mensen zijn kunnen deze mensen met elkaar praten. Al duizenden jaren geleden hebben de mensen leren schrijven en lezen. Maar pas nu, in de tijd waarin wij leven, hebben mensen uitgevonden hoe zij moeten rekenen. Vermenigvuldigen en delen kon tot nu toe geen enkel volk op aarde. De Grieken niet, de Romeinen niet, de Perzen niet en de Babyloniërs niet. En de Fransen, de Spanjaarden en de Engelsen al helemaal niet!'

Toen kapitein Kwadraat dit zei, ging er een instemmend gemompel over het dek.

'Stomme Engelsen.'

'Stomme Fransen.'

'Haha, stomme Spanjaarden.'

'Tot nu toe,' ging kapitein Kwadraat verder, 'konden wij het ook niet. Maar daar gaat verandering in komen. Ik ga jullie de tafels van een tot twaalf leren, net zo lang tot jullie ze uit je hoofd kennen. Het moet zo zijn dat als ik een van jullie temidden van een afgrijselijke storm opeens vraag: hoeveel is zeven keer zeven, dat jullie dan zonder nadenken het juiste antwoord geven. Want hoeveel is zeven keer zeven?'

'Negenenveertig, kapitein,' hoorde Jonas zichzelf zeggen.

Hij schrok er van. Rondom hoorde hij gemompel.

'Wat gaan we nou beleven?'

'Net aan boord en hij heeft al praats.'

Jonas keek voorzichtig naar de kapitein. Die keek hem verbaasd aan en begon toen te stralen.

'Dat is uitstekend geantwoord,' zei kapitein Kwadraat.

'Maar hoe weet je dat? Je hebt die tafel nog maar één keer opgedreund.'

Jonas had moeten zeggen dat hij de tafel van zeven 's nachts al minstens tien keer had nagerekend, uit angst voor de tatoeages die hij nog ging krijgen. Maar dat durfde hij niet.

'Het... het schoot mij opeens te binnen, kapitein.'

Jabik Veenbaas stak zijn hand omhoog.

'Dit is het bewijs, kapitein. Jonge jongens kunnen die tafels makkelijk leren, maar wij zijn er te oud voor. We kunnen het gewoon niet, het is te moeilijk voor ons.'

Een paar matrozen knikten en mompelden dat ze het daarmee eens waren. IJsbrandt stak zijn hand op.

'Ik ben het daar niet mee eens, kapitein,' zei hij. 'Het gaat bij mij misschien wat langzamer, maar ik merk dat ik bij het uittellen van kluifjes en soepballen voordeel heb van uw rekenlessen. Ik maak bijna nooit meer fouten en alles gaat veel sneller en makkelijker.'

Nu zag Jonas voor het eerst een glimlach op het gezicht van kapitein Kwadraat. Het was een brede glimlach, een glimlach van trots. Jabik Veenbaas leek niet zo blij. Die keek IJsbrandt schuin aan, balde zijn vuisten en mompelde iets over hielenlikkers.

Kapitein Kwadraat klapte in zijn handen. 'We dwalen af,' zei hij. 'We gaan weer rekenen, mannen. We gaan terug naar de tafels. Zojuist waren we bij vijf keer vijf is vijfentwintig. Dat heet met een moeilijk woord: vermenigvuldigen. Maar je kunt het ook delen, kijk maar.'

Kapitein Kwadraat bukte zich en schreef met krijt op het tafelblad: 25:5=5.

'Zoals jullie zien zijn dit dezelfde getallen, ze staan alleen anders om. En de x, het symbool voor vermenigvuldigen, is veranderd in twee puntjes, het symbool voor delen. Zien jullie wel? Als je een tafel uit je hoofd leert, sla je dus twee vliegen in één klap. Je kunt vermenigvuldigen en je kunt ook delen.'

'Ik sla straks één vlieg in een klap,' hoorde Jonas mopperen, maar die sla ik dan wel helemaal plat.' Het geluid kwam van de kant waar Jabik Veenbaas stond. Die keek naar IJsbrandt en zijn blik voorspelde niet veel goeds...

Na afloop van de rekenles zochten de matrozen snel de schaduw op, want het was middag en de zon brandde ongenadig op het dek. IJsbrandt en Jonas gingen naar de kombuis om het middageten te maken.

'Ik denk dat u moet oppassen,' zei Jonas voorzichtig terwijl hij voor elke matroos een plak gerookte ham afsneed. 'Jabik Veenbaas keek heel kwaad toen u zei dat rekenen handig was.'

IJsbrandt knikte. 'Jabik wil dat iedereen dom blijft,' zei hij. 'Dat is in zijn voordeel, want hij is de sterkste man aan boord. Als iedereen even dom is, heeft hij de macht. Die heeft hij nu niet, want de meeste matrozen zijn slimmer dan hij. Maar om Jabik moet je je niet druk maken. Hij is gauw kwaad, maar hij is het ook snel weer vergeten.' IJsbrandt kuchte. 'Maar dank je voor de waarschuwing,' zei hij. 'En... eh... pas jij ook op, Jonas? Je nadert een zekere lijn, als je begrijpt wat ik bedoel.'

Jonas begreep dat niet erg, maar hij wilde niet verder vragen omdat hij dan misschien dom zou lijken.

'Ik zal goed oppassen,' zei hij. Met zijn arm veegde hij de zweetdruppels van zijn voorhoofd.

'Hoe lang duurt zo'n windstilte?'

'Dat is niet te zeggen,' zei IJsbrandt. 'Het kan nog een week duren, maar het kan ook deze middag alweer voorbij zijn. Afwachten, Jonas.'

De volgende dagen kreeg Baltus Baltus het zwaar te verduren, omdat hij de gevoegton naast het schip had geleegd en je de drollen aan boord kon ruiken.

'Door jou zitten we in de narigheid,' mopperde Jabik Veenbaas. 'Net als op de vorige reis, toen je op wacht in slaap viel en het schip bijna op de rotsen liep. Het is ook altijd hetzelfde liedje met jou.'

Baltus Baltus kreeg meteen een rood hoofd van woede.

'Wat zei jij daar,' riep hij. 'Kom maar op, ik lust je rauw!!'

Een paar tellen later rolden de ruziezoekers over het dek. Jonas wilde ze uit elkaar halen, maar hij wist niet hoe. Terwijl de mannen elkaar sloegen en stompten waar ze elkaar raken konden, kwamen kapitein Kwadraat en meester Eibokken met grote stappen het voordek oplopen. Meester Eibokken greep de vechtersbazen in de kraag en trok ze met één ruk van zijn machtige armen overeind.

'Jullie mogen doorvechten,' zei kapitein Kwadraat. 'Maar we spreken een ding af: degene die het gevecht wint, betaalt het verband en de pleisters voor de verliezer.'

De twee vechtersbazen hielden op met stompen. Jonas kon aan hun gezichten zien dat ze diep nadachten.

'Ja, wacht eens even,' zeiden ze toen tegelijk. 'Dan kost het mij geld als ik ga winnen!'

'Precies,' zei kapitein Kwadraat. 'Dus ik zou maar gauw stoppen. Elke klap kan je een daalder kosten.'

Jabik Veenbaas en Baltus Baltus keken elkaar aan. Ze hijgden en er drupten zweetdruppels van hun kinnen op het dek. Toen gebeurde er iets vreemds. Jonas voelde iets zachts over zijn gezicht strijken. Hij keek verbaasd op. Wat was dat? Weer streek er iets zachts langs zijn wangen en zijn oren. Toen kwam er uit het kraaiennest een luide kreet van vreugde.

'Mannen! Er is wind!'

Een half uur later zeilde De Zilveren Nul met strak bollende zeilen door de golven van de oceaan. De matrozen zaten in de masten en zongen vrolijke liedjes. Jonas luisterde ernaar en probeerde mee te zingen. Vanmiddag geen rekenles, dacht hij. Maar eigenlijk vond hij dat een beetje jammer.

Drie dagen lang ging alles goed aan boord. De matrozen   45
waren opgewekt en de ruzies leken vergeten. IJsbrandt en
Jonas kookten soep en bakten stukken van een grote vis die
de bootsman met een lijn had gevangen. Op de vierde dag
na de windstilte merkte Jonas dat de matrozen voortdurend
naar hem keken en dingen tegen elkaar fluisterden. Hij
dacht meteen terug aan wat IJsbrandt vorige week tegen
hem zei: 'Oppassen, Jonas. Je nadert een bepaalde lijn.'
Jonas begon weer te piekeren over wat daarmee bedoeld
kon worden. Zouden de matrozen jaloers zijn omdat hij de
uitkomst van de keersom wist? Was het omdat hij nog maar
één tatoeage had? Of was iemand erachter gekomen dat
zijn vader...
Jonas werd steeds zenuwachtiger, helemaal toen hij merkte
dat de matrozen achter zijn rug om vreemde gebaren naar
elkaar maakten. Hij was blij dat hij van IJsbrandt een
gezouten varkenspoot naar de kapitein moest brengen. De
kapitein kluifde de poot af en wilde altijd dat Jonas bleef
wachten tot hij klaar was, zodat hij de botjes weer mee
terug kon nemen. Zo had hij tenminste even rust, dacht hij.

Toen Jonas in de kapiteinshut kwam, zat kapitein Kwadraat
aan zijn kaartentafel. Voor hem lag een papier waarop
getallen stonden geschreven. Kapitein Kwadraat keek
ernaar en schudde zijn hoofd.
'Ik weet niet hoe het kan,' mompelde hij. 'Maar het klopt
altijd. Jonas, kijk jij eens of je iets opvallends ziet.'

Jonas keek naar de rijen getallen.

$2x2 = 1+3 = 4$

$3x3 = 1+3+5 =9$

$4x4 = 1+3+5+7=16$

en onderaan de rij stond:

$10x10 = 1+3+5+7+9+11+13+15+17+19=100$

Jonas keek aandachtig naar de getallen.

'Er zijn twee soorten getallen,' zei kapitein Kwadraat, terwijl hij het varkenspootje van het bord pakte. 'Even getallen en oneven getallen. Even getallen zijn getallen die je door twee kunt delen, bij oneven getallen kan dat niet. Maar nu zie ik bij toeval iets vreemds. Een getal dat met zichzelf is vermenigvuldigd, is precies hetzelfde als de eerste oneven getallen bij elkaar opgeteld. Kijk maar naar je eigen getal, Jonas. Wat is zeven keer zeven?'

'Negenenveertig, kapitein,' antwoordde Jonas.

'Precies,' zei kapitein Kwadraat. 'Zeven keer zeven is negenenveertig, maar als je de eerste zeven oneven getallen op een rijtje zet, dan krijg je dit: $1+3+5+7+9+11+13$. En als je die allemaal bij elkaar optelt, kom je op 49 uit. Maar wat kan daar de oorzaak van zijn, zie jij iets opvallends?'

Jonas keek naar de rijen cijfers.

'Ik weet het niet, kapitein,' zei hij aarzelend.

'Bij de even getallen klopt het niet,' mompelde de kapitein. Hij zuchtte en nam een hap van het varkenspootje.

'Nou ja, zei hij, 'het kan ook toeval zijn. Hoeveel is drie keer negen?'

'Zevenentwintig, kapitein,' zei Jonas.

'En zes keer acht?'

'Achtenveertig, kapitein.'

Kapitein Kwadraat knikte tevreden.

'Mijn leerstof valt bij jou in goede aarde,' zei hij. 'We gaan nu een paar drukke uren tegemoet, maar als die achter de rug zijn zal ik je een paar dingen bij leren. Nou, neem het bord maar weer mee. Zeg maar tegen IJsbrandt dat het pootje mij goed smaakte.'

Drukke uren tegemoet, wat bedoelt hij daarmee, dacht Jonas terwijl hij het afgekloven pootje naar de kombuis bracht. Maar daar dacht hij niet lang over na. Bij de grote mast stond een kuip, waarin de matrozen emmers zeewater gooiden.

'Kijk mannen, ik heb een kwal opgeschept,' riep Jabik Veenbaas.

'En ik een grote pluk zeewier, met de mossels er nog aan,' lachte de matroos die Krijn heette.

'Alsjeblieft mannen,' zei de bootsman. 'De kop van de vis die ik vanochtend gevangen heb. Ik weet niet hoe hij heet, maar hij was net zo groot als twintig makrelen. En hier is zijn graat, met het staartje er nog aan.'

'Zijn we er al?' vroeg Baltus Baltus.

'Even geduld, Baltus,' zei de bootsman. 'Zodra we de lijn passeren komt de stuurman ons waarschuwen.'

Jonas hield zijn hoofd schuin. De lijn passeren? Wat zei IJsbrandt laatst ook al weer? Opgepast jongen, je nadert... Jonas dacht na en lette niet op wat er om hem heen gebeurde. De stuurman kwam het dek op sluipen. Op zijn hoofd droeg hij een kroon, om zijn schouders een zeegroene mantel, in zijn linkerhand had hij een oud visnet en in zijn rechterhand een lange stok met drie punten eraan. De stuurman sloop naar een groepje matrozen toe en fluisterde: 'We zijn op de evenaar, mannen. Lommert en Jabik, jullie zijn mijn schildwachten. Bootsman, als ik met mijn drietand op het dek tik, blaas je op je trompet, zo hard je kunt. Iedereen klaar? Een, twee...'

Bij drie bonkte de stuurman met zijn drietand tegen de planken. De trompet schetterde. Jonas keek geschrokken om, maar hij had geen kans. De stuurman gooide het visnet over hem heen en Lommert en Jabik grepen hem onder zijn armen. De matrozen juichten en schreeuwden: 'Leve Neptunus! Hoog met de vangst! Een! Twee! Drie!'

Jonas hoorde het schreeuwen en voelde dat hij tot drie maal toe hoog de lucht in werd gegooid. Daarna werd hij stevig beetgepakt en naar de kuip met zeewater gedragen. Zijn oren tuitten van het lawaai, zijn neus zat vol met de geur van dode vissen en toen hij wilde schreeuwen viel er een stuk uitgedroogd zeewier in zijn mond. Jonas spuugde het uit zover hij kon en probeerde zich uit alle macht los te worstelen. Hij hoorde de stem van de stuurman.

'Grote Neptunus, koning der zee. Deze koksmaat steekt de evenaar over. Voor het eerst, dus wat doen we met hem?'

Even was het stil aan dek. Toen riep iemand met een holle stem: 'Niemand steekt ongedompeld voor het eerst de evenaar over. Komaan mannen! Dompel hem!'

Meteen hierna schreeuwden de matrozen in koor: 'Dompelen! Dompelen! Dompelen!'

Jonas voelde dat hij hoog de lucht in werd getild. Een hartslag later viel hij met een grote plons in de kuip met zeewater. Jonas voelde het water in zijn ogen, neus en oren stromen. Even dacht hij dat hij zou stikken. Toen werd hij uit de kuip getild. Rondom hoorde hij luid gejuich.

'Jonas, mijn gelukswensen. Nu ben je een echte zeerob,' riep de stuurman.

Jonas voelde dat hij niet meer stevig vast werd gehouden.

Hij veegde het water uit zijn ogen en keek naar de mannen om hem heen. Die keken lachend terug, klapten in hun handen en begonnen te zingen.

Feest met ons mee, zoon van Neptunus
we hebben een varende broeder erbij
de evenaar over, de evenaar over
feest met ons mee, jij bent nu zoals wij!

Jonas voelde zijn hart wat rustiger slaan en begon langzaam te begrijpen wat er aan de hand was. Hij had vroeger wel eens horen vertellen over het spel dat zeelui speelden als ze de evenaar over zeilden. Maar dat hij al op zijn eerste reis die evenaar over zou steken had hij nooit gedacht. Hij keek over de zijboorden naar het water rond het schip. De evenaar was toch een streep? Waarom zag hij dan niets? Hij zag de deur van de kombuis opengaan. IJsbrandt kwam naar buiten, in zijn handen had hij een grote schaal met een gebakken vis en een kroes bier erop.

'Drink en eet, broeder Jonas,' riep IJsbrandt lachend. 'Vanaf nu hoor je bij de heerscharen van de grote Neptunus! Hiep hiep hiep...'

'Hoera!' brulden alle matrozen. Jonas begon te lachen.

'Ik schrok me naar,' zei hij grinnikend.

'Dat moet ook,' zei de stuurman.

Toen werd er keihard op de trompet geblazen. De stuurman sprong achteruit en keek de bootsman geschrokken aan.

'Waarom deed je dat?' vroeg hij.

De bootsman wees naar de horizon.

'Vulkaan in zicht, stuurman.'

Hoofdstuk 6

Het eiland van de vulkaan

Toen Jonas het eiland zag had hij net een grote hap van zijn gebakken vis genomen. Zijn mond was vol, maar wat hij zag was zo indrukwekkend dat hij vergat te kauwen. Aan de horizon rees een reusachtige berg steil uit zee op. De berg leek op een tulband en was tot halverwege met bomen begroeid. Daarboven was de berg helemaal kaal. Rond de hing een grijze nevel.

'Kijk die wolk daar,' zei Krijn. 'Zo te zien is er slecht weer op komst.'

'Dat is geen wolk,' bromde de bootsman. 'Dat is rook, die uit de vulkaan komt.'

Even was het stil aan boord. Jonas hoorde alleen de wind die door de touwen blies en de golven die tegen de boeg klotsten. Toen klonk er een dreigend gerommel, dat langzaam luider werd en eindigde met een dreunende knal. De matrozen, die met zijn allen aan de zijboorden stonden, keken elkaar geschrokken aan.

'Dat daar mensen durven wonen,' zei Baltus Baltus. 'Ik snap het niet. Moet je die rook zien, het lijkt wel of de hel in brand staat.'

Jonas zag dat vanuit de top van de vulkaan een dikke golf van grijze rook als een muur naar beneden rolde. De rook bedekte de top van de vulkaan volledig, je kon alleen het deel nog zien waarop de bomen stonden. Daar bleef het rookgordijn hangen, zonder nog verder naar omlaag te zakken. Het was een vreemd gezicht: een prachtig groen eiland in een helblauwe oceaan en daarboven een griezelige rookwolk die steeds groter en dikker werd.

Terwijl Jonas naar de rokende vulkaan keek, kwam kapitein Kwadraat het dek op lopen. In zijn ene hand droeg hij een zandloper, in de andere had hij een verrekijker.

'Kijk daar!' riep Krijn, terwijl hij naar de top van de vulkaan wees. Boven de muisgrijze donderwolken schoot een ring van steekvlammen hoog de lucht in. Even later waren de vlammen weer verdwenen. Jonas merkte juist dat de donderwolken langzaam weer naar de top van de vulkaan omhoog kropen toen kapitein Kwadraat hem op zijn schouder tikte.

'Kijk eens hier,' zei hij terwijl hij de zandloper voor Jonas op de zwarte tafel zette.

'Telkens als deze zandloper leeg is, draai je hem om en zet je met krijt een streep op het tafelblad. Dat doe je tot de vulkaan opnieuw begint te roken en te rommelen. Heb je dit begrepen?'

'Begrepen, kapitein,' zei Jonas met volle mond.

Geschrokken keek hij naar zijn bord. Was hij helemaal vergeten dat hij vis aan het eten was! Kapitein Kwadraat glimlachte.

'Eet rustig door, zoon van Neptunus,' zei hij. 'Geniet van je feestmaal, maar vergeet niet om de zandloper op tijd om te draaien. En als je het eens vergeet, vertel het mij dan. Er kunnen levens van afhangen, zowel het mijne als het jouwe. Knoop je dat goed in je oren?'

'Ik... ik knoop het in mijn oren, kapitein,' zei Jonas, die zich bijna verslikte.

Kapitein Kwadraat liep naar de zijboord, schoof zijn verrekijker uit en richtte hem op het eiland in de verte. Jonas stopte een stuk gebakken vis in zijn mond en keek naar de zandloper. Een dun straaltje wit zand liep van boven naar beneden en maakte daar een klein bergje. Het lijkt wel een piepklein vulkaantje, dacht Jonas. Hij keek naar de grote vulkaan en zag dat de rookwolken dunner werden. Beetje bij beetje kwam de top van de vulkaan in zicht. Jonas at langzaam van zijn vis en keek beurtelings naar de zandloper en naar de vulkaan. Toen hij de vis op had, was de zandloper bijna leeg. Jonas zette een streep op de tafel en draaide de zandloper om.

Toen Jonas de vierde streep op het tafelblad zette, ging de zon langzaam onder. De wind, die De Zilveren Nul zojuist nog een flink vaartje had gegeven, zwakte af. Op het zachte avondbriesje dobberde het schip langzaam naar de vulkaan toe. De bijna witte top van de berg kleurde rood in de laatste zonnestralen.

'Zo ziet die vulkaan er vredig uit,' zei Jabik Veenbaas, die bij de grote mast stond. 'Maar vanmiddag leek het nog alsof de duivel de poorten van de hel open had gezet.'

'Voor ons,' mompelde IJsbrandt. 'Satan zag ons in de verte aankomen.'

'De onderste helft van die vulkaan lijkt wel een hemelse tuin,' zei Lommert Knoest. 'Kijk maar eens, allemaal verschillende kleuren groen.'

'Hoe lang duurt het nog voor we er zijn?' vroeg Krijn.

'Met dit windje komen we morgenochtend pas aan,' zei Lommert Knoest.

'Dan kunnen we vannacht nog een tukje doen,' mompelde IJsbrandt. 'Voor we aan onze grote slaap beginnen.'

Kapitein Kwadraat schoof zijn verrekijker in elkaar en draaide zich om.

'Hoe staat het met de voorraden, IJsbrandt?'

'Drinkwater moet aangevuld worden, kapitein,' zei IJsbrandt. 'Anders komen we halverwege de terugtocht in de problemen. Gesteld dat er een terugtocht plaatsvindt.'

De matrozen keken naar het eiland, dat vredig in de avondzon lag te blinken. Kapitein Kwadraat liep naar de grote mast en klapte in zijn handen.

'Mannen,' zei hij. 'Ik heb de hellingen naar de top van de vulkaan zorgvuldig bekeken en zoals ik eerder zei: wie bang is voor monsters en menseneters moet daarheen. Er is daar werkelijk niets wat op leven lijkt, geen vogels, geen reptielen, geen wilde honden, niets. Er groeien ook geen bomen of planten, maar er is wel een duidelijk pad naar de top van de vulkaan te zien. En dat pad ziet eruit alsof het gebruikt wordt door mensen, want hier en daar zie ik langs het pad dingen liggen die lijken op kokosnoten. Palmbomen groeien er niet, zodat ik sterk vermoed dat deze kokosnoten door mensen zijn meegenomen om onderweg kokosmelk te drinken. Als dat klopt is de tocht naar boven dus mogelijk. En als de tocht naar boven mogelijk is, dan is de tocht naar beneden dat ook.

Wat ik jullie vraag is om de vulkaan goed in de gaten te houden en mij alles wat jullie opvalt te vertellen. Jonas heb ik al opdracht gegeven om de tijd bij te houden die vanaf de vorige uitstoot van vuur en rook voorbij is gegaan. IJsbrandt geef ik nu opdracht om aan ieder een extra kroes bier en een panharing uit te delen, om te vieren dat we bij ons reisdoel zijn aangekomen. Komaan, mannen, we staan voor een heet vuur, maar daar hebben we al vaker voor gestaan. Laten we drinken op de goede afloop!'

Gewoonlijk zouden de matrozen bij dit bericht in juichen

zijn uitgebarsten. Dit keer leek het of ze het amper hoorden. Ze mompelden wat, knikten en keken somber naar het eiland, dat nu een donkere schaduw aan de einder was...

Die nacht bleef Jonas op, orders van de kapitein. Hij lette goed op de zandloper en zette telkens als hij hem omdraaide een nieuwe streep op het tafelblad. Op het voordek zat een groep matrozen bier te drinken.

'Ik weet wie er buikpijn krijgt als we morgen aan land moeten,' zei Jabik Veenbaas.

'Jabik, geen ruzie zoeken,' zei Lommert Knoest.

'Ik zoek geen ruzie,' zei Jabik Veenbaas. 'Ik zeg alleen dat ik weet wie er morgen buikpijn heeft.'

'En ik weet wat tienduizend gedeeld door drieëntwintig is,' zei Baltus Baltus opeens.

'Wat bedoel jij daarmee?' vroeg Jabik Veenbaas op scherpe toon.

'Nu stoppen jullie,' klonk de stem van de bootsman.

Hierna bleef het stil. Jonas zag dat een van de matrozen opstond en naar hem toe liep. Het was Krijn Haring, de jongen met de vooruitstekende tanden.

'Ik kom even bij je zitten,' zei Krijn, 'want de sfeer daar is niet zo best.'

Jonas was blij dat hij gezelschap kreeg. Hij mocht Krijn wel, maar durfde nooit veel tegen hem te zeggen omdat hij bang was zijn mond voorbij te praten. Krijn was de zoon van Jan Haring, een beroemde matroos die gesneuveld was in de zeeslag bij Hoorn. Krijn vertelde vaak over zijn vader en Jonas kreeg dan altijd het gevoel dat hij ook iets over zijn vader moest zeggen. Maar dat durfde hij niet. Hij was bang om iets verkeerds te zeggen waardoor uitkwam dat zijn vader helemaal geen koopman was. Gelukkig begon Krijn dit keer over iets anders te praten.

'Wat vind jij van dat eiland?' vroeg hij.

'Griezelig,' zei Jonas. 'Toen ik het eerst zag vond ik het prachtig. Maar toen het begon te roken en te knallen dacht ik dat het elk ogenblik kon ontploffen. Of dat het luid sissend in zee zou wegzakken.'

Krijn huiverde. 'Heb jij geen heimwee?' vroeg hij toen opeens.

Jonas schrok. Heimwee?

'Bedoel je dat ik naar huis wil?' vroeg hij.

'Ja,' zei Krijn. 'Ik had het op mijn eerste reis heel erg. Ik wilde de hele tijd maar dat ik thuis was.'

Jonas keek naar de zandloper. In het licht van de lamp die in de mast hing zag hij een dun straaltje zand naar beneden glijden.

'Ik denk wel eens aan mijn moeder,' zei hij zacht.

'Wat kookt jouw moeder het lekkerst?' vroeg Krijn. 'Mijn moeder kan heel lekker paling stoven.'

'Die van mij tuinbonen met gebakken makreel,' zei Jonas.

'En je vader?' vroeg Krijn. 'Wat eet die het liefst? Bijvoorbeeld als hij jarig is?'

Jonas begon zich nog ongemakkelijker te voelen. Hij had verteld dat zijn vader koopman was, maar wat at een koopman op zijn verjaardag?

'Gebraden goudfazant met prinsessenboontjes,' flapte hij er opeens uit. 'En vooraf soep van zilverreigers.'

Krijn keek hem even verbaasd aan. Toen betrok zijn gezicht en leek hij boos te worden.

'Jaja,' zei hij. 'En dat moet ik geloven. Als jouw vader zo rijk is, waarom stuurt hij je dan naar zee? Ik geloof er niks van,

Jonas. Volgens mij ben jij naar zee gestuurd omdat je vader zijn rekeningen niet kon betalen. Ajuus!'

Jonas begreep dat hij iets verkeerds had gedaan. Hij wilde tegen Krijn zeggen dat het een grapje was, maar zag tegelijk dat de zandloper in de tussentijd leeg was gelopen. Hij draaide hem snel om, zette een streep op de tafel en keek weer naar Krijn. Maar die stond bij de zijboord met een paar matrozen te praten en wees in de tussentijd telkens in zijn richting...

Jonas keek naar de sterrenhemel hoog boven zijn hoofd. Waarom, dacht hij, heb ik geen heimwee? Hij dacht aan zijn vader en moeder, die steeds vaker ruzie maakten. Hij miste zijn vader. Hij miste zijn moeder. Maar verder was hij blij dat hij op zee was, ver weg van de ruzies en de narigheid. Jonas draaide de zandloper weer om en zette een nieuwe streep. Zou het al middernacht zijn?

Nadat hij de zandloper voor de vierde keer had omgedraaid kwam IJsbrandt hem een kom soep brengen.

'Hier jongen, bonensoep, omdat het middernacht is. Moet je de hele nacht hier blijven zitten?'

Jonas knikte. 'Tot de vulkaan begint te rommelen. Dan moet ik meteen de kapitein waarschuwen.'

'Nou, de kapitein heeft wel vertrouwen in je. Maar ik hoop niet dat je de hele nacht moet opblijven, want morgen wordt het een drukke dag voor ons. De matrozen die het eiland opgaan, moeten goed eten. Het wordt waarschijnlijk hun laatste maal en ik wil niet dat ze met een rammelende maag bij de hemelpoort aankomen. En misschien komen er eerst nog indianen aan boord. Die moeten ook eten krijgen, dat is de regel. Nee, het wordt hard werken morgen,

Jonas. Moet je die zandloper steeds omkeren?'
Jonas nikte.
'Zack Hooij heeft precies zo'n zandloper op zijn piraten-
vlag,' vertelde IJsbrandt. 'En ernaast staan een doodskop
en twee beenderen. Tja, dat is het lot van ieder mens. Maar
ik hoop wel dat de indianen op dit eiland de gewoonte hebben om hun verslagen vijanden netjes te begraven. Ik heb
horen vertellen over de Caribs, indianen die op de eilanden
bij Mexico leven. Die versieren hun hutten met schedels en
beenderen en bij volle maan spelen ze kegelwedstrijden.
Dan steken ze vijf beenderen naast elkaar in de grond en
die proberen ze dan met schedels omver te gooien. Nou, zo
blijft er van je eeuwige rust natuurlijk niet veel over. Je zou
na je dood nog horendol worden van al dat gooien en smij-

ten. Tja, je weet niet wat je lot is. En dat is soms maar goed ook.'

Jonas huiverde. Zou het waar zijn wat IJsbrandt vertelde? Dan zou hij zijn...

'Zeg Doempie, jaag die jongen niet de stuipen op het lijf. Het is al spannend genoeg.' De stem van Jabik Veenbaas kwam van het voordek.

'Mag de waarheid dan niet gezegd worden?' vroeg IJsbrandt.

'Jawel,' zei Lommert Knoest. 'Maar niet in het holst van de nacht, vlakbij een eiland waar nog nooit iemand levend af is gekomen. Vertel de waarheid maar een andere keer, bijvoorbeeld als we op de terugweg zijn.'

'Maar dat is het hem juist,' zei IJsbrandt wanhopig. 'Er is geen terugweg!'

Lommert zuchtte en liep naar de tafel waaraan Jonas zat. 'Beter opletten maatje,' zei hij. 'Je moet de zandloper omkeren.'

Jonas schrok. Door de verhalen van IJsbrandt was hij zijn taak vergeten! Hij draaide de zandloper snel om en zette een nieuwe streep. Hij keek Lommert verward aan.

'Maak je niet ongerust maatje,' zei die. 'Maar onthoud één ding: acht is meer dan negen.'

Jonas raakte daardoor nog meer in de war. Hij fronste zijn wenkbrauwen, schudde zijn hoofd en keek opnieuw naar Lommert Knoest.

'Maar dat klopt toch niet,' zei hij.

Lommert grinnikte.

'Acht betekent twee dingen,' zei hij. 'Acht is een getal, maar het is ook een ander woord voor aandacht. Acht is meer dan negen is een oud vissersgezegde. Het betekent dat je in je eentje vaak beter oplet dan wanneer je met meer mensen bent. Want dan gaan de wachtposten met elkaar praten. Of ze denken dat een ander oplet. En als iedereen dat denkt, let niemand meer op.'

'In je eentje kun je in slaap vallen,' klonk de stem van Jabik Veenbaas.

'Vraag maar aan Baltus, die weet daar alles van.'

'Ik viel niet in slaap,' riep Baltus Baltus verontwaardigd.

'Dat verzin je maar, grote ruziestoker!'

Jonas keek naar de zandloper. Hij nam zich voor om niet meer op de andere matrozen letten. Laat ze maar ruzie zoeken, dacht hij. Wat er van nu af ook gebeurt: ik blijf opletten. Ik zal de zandloper niet voor een tweede keer leeg laten staan.

Toen Jonas de zevende streep had gezet merkte hij dat de ruzie tussen de anderen minder werd. Baltus Baltus mopperde nog wat, maar daarna werd het stil. Niet voor lang, want even later klonk er een luid gesnurk op het voordek. Jonas hoorde drie verschillende snurkers. Een met een ronkend geluid, alsof er iemand langzaam in een dikke plank stond te zagen. De tweede had een zachter geluid en de derde had een korte snurk met een hoog piepje aan het eind. Af en toe hielden alle drie de snurkers ineens op. Dan bleef het even doodstil aan dek, tot de zware snurker weer begon en de andere twee volgden. Jonas probeerde of hij een muziekje in het gesnurk kon ontdekken. Bijna had hij iets, toen vanaf de voorplecht een vierde snurker bij de anderen inviel. Jonas probeerde te zien wie daar tussen de katrollen en de stapels touw lag te slapen, maar hij zag niemand. Wat gek, dacht hij, toen het rommelende snurkgeluid maar door bleef gaan. Hij moet toch ook eens stoppen om uit te ademen? Maar het geluid hield niet op. Het bleef langzaam doorgaan en leek steeds dieper en luider te worden. Jonas ging half overeind staan en tuurde naar de voorplecht. Het zou toch niet... Hij keek even snel opzij en zag dat in de zandloper de laatste korreltjes naar beneden vielen. Hij draaide de zandloper om, maar juist toen hij een nieuwe streep wilde zetten klonk er een daverende knal en schoot in de duisternis voor het schip een kring van steekvlammen hoog de lucht in.

'Kapitein!' schreeuwde Jonas. 'De vulkaan!'

62 'Allemachtig,' zei Lommert Knoest de volgende ochtend. 'Moet je zien, het lijkt wel of die kerel licht geeft.'

Jonas keek in de richting waar Lommert naar wees. Hij zag twee dubbele kano's die vol zaten met mannen met peddels. In een van de kano's stond een grote man rechtop. Jonas, die maar een paar uur had geslapen, vergat de vermoeidheid. Hoe kon dit? Toen de kano's dichterbij waren zag hij dat de reusachtige man een mantel van gouddraad droeg en dat zijn hoofd en armen met goudstof waren gepoederd.

'Kijk nou eens,' zei een matroos achter hem. 'Die krachtpatser is helemaal met goud bedekt.'

'En hij is groter en sterker dan ik,' mompelde meester Eibokken. 'Dat kom ik niet vaak tegen.'

'Moet je die spierballen zien,' zei Baltus Baltus angstig. 'Die kerel slaat met zijn vuist zó een gat in ons schip. Als we met die vent ruzie krijgen zijn we verloren.'

Jonas voelde zijn maag krimpen en keek ongerust naar de Gouden Man. Die keek strak voor zich uit. Aan zijn gezicht viel niet te zien of hij verheugd of woedend was.

'Lommert, gooi de touwladder uit,' riep kapitein Kwadraat. 'IJsbrandt, zorg voor eten. Zijn er nog varkenspootjes?'

Even later stond de Gouden Man aan dek. Zijn hoofd stak boven iedereen uit en glansde in de stralen van de opkomende zon. Kapitein Kwadraat liep naar hem toe, met in zijn handen een groot bord waarop twee gezouten varkenspoten lagen. De Gouden Man keek ernaar en schudde zijn hoofd. Daarna haalde hij twee oranje wortels uit zijn mantel tevoorschijn.

Kapitein Kwadraat gaf het bord aan IJsbrandt en gebaarde dat iedereen in een wijde kring om hem en de Gouden Man heen moesten gaan staan. Daarna pakte hij een van de wortels aan en deed een stap achteruit. De Gouden Man deed ook een stap achteruit. Ze namen beiden een grote hap van hun wortel en begonnen te kauwen, terwijl ze elkaar strak aankeken. Dit ging zo minuten lang door. Al die tijd maakten de matrozen, die in een kring om de kapitein en de hoofdman heen stonden, geen geluid. Iedereen wachtte gespannen op wat er ging gebeuren. Opeens stopte de Gouden Man met kauwen. Hij kneep zijn ogen tot spleetjes en ademde diep in, zodat zijn enorme borstkas opzwol. Toen spuugde hij met kracht de fijngekauwde wortel uit, midden in het gezicht van kapitein Kwadraat.

Van schrik hield Jonas zijn adem in. Hij verwachtte een vechtpartij, maar het bleef rustig aan dek. Kapitein Kwadraat, wiens gezicht vol oranje snippers zat, begon langzamer te kauwen. Ook hij ademde diep in, maar dat bleek een schijnbeweging. Toen kapitein Kwadraat deed alsof hij terugspuugde liet de Gouden Man zich snel door zijn knieën zakken. Kapitein Kwadraat zou daardoor over zijn hoofd heen gespuugd hebben. Doordat hij even inhield gebeurde dat niet en raakte hij de Gouden Man vol in zijn met goud gepoederde gezicht. Weer schrok Jonas. Wat zou er nu gebeuren? Hij keek schichtig naar Lommert Knoest, die naast hem stond.

'Een oud gebruik,' fluisterde Lommert. 'Vertrouw maar op je kapitein, Jonas. Die weet veel van dit soort dingen.'

Jonas keek weer naar de Gouden Man. Die keek nog steeds nors, maar knikte de kapitein toe en wees naar het bord met de varkenspoten. Even later aten de Gouden Man en kapitein Kwadraat ieder een varkenspoot. Hun gezichten zaten nog steeds onder de oranje snippers, zodat het leek of ze lichtgevende sproeten hadden. Toen ze de poten hadden afgekluifd wees de Gouden Man naar het eiland en zei: 'Welkom.' Daarna klom hij weer langs de touwladder naar beneden, stapte in een kano en ging naar zijn eiland terug zonder om te kijken of iets te zeggen.

'Geen man van veel woorden,' zei kapitein Kwadraat terwijl hij de wortelstukjes van zijn gezicht veegde. Daarna gaf hij Lommert opdracht om een roeiboot overboord te hijsen. Toen de boot op het water lag moesten Jabik, Lommert, IJsbrandt, Krijn, Jonas en nog twee matrozen in de boot stappen. Kapitein Kwadraat droeg het bevel over het schip over aan de stuurman en klom als laatste langs de touwladder naar beneden. Met zijn achten roeiden ze achter de kano van de Gouden Man aan.

Acht is meer dan negen, dacht Jonas toen ze aan land stapten. Maar ik was nu toch liever met negen geweest. Met meester Eibokken erbij hebben we misschien nog een kansje als het op vechten uitdraait. Maar nu... Hij keek voorzichtig naar de Gouden Man. Die stond tussen zijn mannen en keek met zijn armen voor zijn borst naar zijn bezoekers.

'U komt voor het goud?' vroeg hij aan kapitein Kwadraat.

Die maakte een korte buiging.

'Mijn volk heeft goud nodig om trouwringen van te maken,' zei hij. 'Dat zijn ringen die je om je vinger draagt en die een man geeft aan de vrouw van zijn dromen. En voor zeelieden zijn er gouden oorbellen nodig. Veel matrozen denken dat ze die nodig hebben als ze midden op zee verdrinken. Ze geloven dat er een schipper is die verdronken zeelui naar het dodenrijk brengt. Voor die overtocht vraagt de schipper een gouden munt, maar een gouden oorbel is ook goed. U kunt het bijgeloof vinden, maar de mensen geloven het nu eenmaal.'

De Gouden Man knikte ten teken dat hij het begreep, maar Jonas zag aan zijn gezicht dat hij iets in zijn schild voerde. 'Boven op de vulkaan ligt goud,' zei hij. 'Maar u moet het zelf halen. Wat u van de top mee naar beneden neemt mag u houden, dat is onze wet. Maar wij helpen u niet. Wij wijzen u ook niet welk pad u moet nemen. Dat moet u allemaal zelf uitzoeken.'

Kapitein Kwadraat maakte opnieuw een korte buiging. 'Ik heb aan boord van mijn schip geschenken voor u,' zei hij. 'Lappen katoen en linnen, kisten met gereedschap en pannen om in te koken. Als ik die aan land laat brengen, mag ik u dan een vraag stellen?'

Toen de Gouden Man knikte zag Jonas even een spottende blik in zijn ogen.

'Veel zeelieden komen hier om goud te halen,' vroeg kapitein Kwadraat. 'Hoe komt het dat nooit iemand van hen levend is teruggezien?'

'Goud is zwaar, het pad is smal en de afgronden zijn diep,' antwoordde de Gouden Man. 'Wie meer goud meeneemt dan hij kan dragen zal zijn evenwicht verliezen en te pletter vallen.'

Na dit antwoord gaf kapitein Kwadraat aan twee matrozen opdracht naar het schip te roeien om de beloofde geschenken te halen.

'Een beetje snel mannen,' zei hij, zo zacht dat de Gouden Man het niet kon horen. 'Anders komen we straks niet op tijd bij de bovenste bosrand.'

66   De tocht door het bos viel Jonas mee. De bomen zorgden voor schaduw en het pad was niet erg steil en zó breed dat je met zijn tweeën naast elkaar kon lopen.
'Het is een makkie,' zei Krijn verbaasd. 'Als je dit niet kunt, ben je een dekzwabber.'
Toen ze bij de rand van het bos kwamen gaf kapitein Kwadraat bevel om te stoppen.
'Hier wachten we,' zei hij. 'Op de dingen die gaan komen. Als mijn berekeningen kloppen hebben we nog precies genoeg tijd om te eten en te drinken. Dat moet iedereen doen, want de komende zes uur is daar geen tijd meer voor. IJsbrandt, geef aan ieder een panharing, een zure augurk en een stuk beschuit. En mannen: wat er ook gebeurt, blijf rustig en eet gewoon door. Als ik het sein geef gaan we verder, tot dan blijft iedereen op zijn plaats. Opdracht begrepen?'
'Opdracht begrepen, kapitein,' bromden de matrozen.
Hierna deelde IJsbrandt het eten uit, maar het werd geen rustige maaltijd. Zodra IJsbrandt klaar was met uitdelen begon de grond te trillen. Van boven de berg kwam een rommelend geluid, dat gevolgd werd door een luid gesis. Jonas keek tussen de bomen door omhoog en zag een enorme grijze rookwolk langs de helling naar beneden rollen. Hij wilde opstaan en schreeuwen dat ze weg moesten, maar Lommert greep hem bij zijn hemd.
'Zitten en eten,' zei hij. 'Orders van de kapitein.'
Jonas bleef zitten en kauwde op zijn beschuit. Zijn mond

voelde droog. Hij keek naar de anderen en zag dat ze allemaal voor zich uit staarden en langzaam op hun eten kauwden. Jonas probeerde niet meer naar de rook te kijken, maar dat lukte hem niet. En wat hij zag maakte dat zijn hart van schrik oversloeg en daarna als een razende begon te bonken. De rookwolken waren vlakbij! Op een paar stappen van de bomen waaronder zij zaten stond een muur van dikke, grijze rook!

Jonas gaf een gil van schrik. Precies op dat moment klonk er een daverende knal die zo luid was, dat het leek of de lucht in stukken scheurde en de hemel instortte. De matrozen stopten met kauwen. Krijn verslikte zich en spuugde een stukje augurk uit. Kapitein Kwadraat keek naar de torenhoge muur van rook, die op minder dan tien stappen afstand was. De rook kwam niet meer dichterbij, maar kolkte wild in het rond. Hij nam een laatste hap van zijn panharing en veegde zijn vingers af aan een zakdoek. Daarna haalde hij een zandloper uit zijn tas.

'Jonas,' zei jij, 'hier is de zandloper. Je hebt gisteravond zeven strepen gezet, dat betekent dat we voor die tijd hier terug moeten zijn. Anders komen we straks in die rook terecht en ik vrees dat we dat niet overleven Geef je tas aan Jabik, de zandloper is het enige wat jij draagt. Mannen, opstaan. Als mijn berekeningen kloppen gaan de rookwolken nu optrekken. En wij lopen achter die wolken aan omhoog. Orders van de kapitein.'

Toen Jonas opstond, voelde hij zijn knieën trillen. Hij sloot aan in de rij, die geleid werd door kapitein Kwadraat. Die liep met rustige stap naar de rookwolken toe. En wat hij zojuist voorspeld had kwam uit: met elke stap die de kapitein naar voren zette, trok de rook zich twee stappen terug.

Jonas voelde de schrik en de paniek langzaam wegtrekken. Hij was nog wel bang, maar zijn benen trilden niet meer en zijn hart klopte zoals altijd. Hij liep naast Krijn, tot het pad smaller werd en ze achter elkaar moesten lopen. Een stuk verderop werd het pad opeens steiler. De zon brandde nu ongenadig fel op zijn hoofd en om de zandloper in de gaten te houden moest Jonas telkens zweet uit zijn ogen vegen. Hij kreeg moeite met klimmen en voelde bij elke stap een steek van pijn in zijn kuiten. Terwijl Jonas snakte naar een beetje rust, leken de mannen voor hem steeds sneller te lopen. Toen Jonas de zandloper voor de tweede keer had omgedraaid hield hij hun tempo niet meer bij. Het zweet stroomde nu over zijn gezicht en hij zag zwarte vlekken. Naast zich kijken durfde hij niet, daarvoor was de afgrond naast het bergpad te diep. Eén verkeerde stap en hij zou honderden meters lager te pletter vallen. Jonas beet op zijn tanden en zwoegde verder langs het pad omhoog. Voorbij de volgende bocht voelde hij de zon even uit zijn nek verdwijnen. Toen hij keek waardoor dat kwam zag hij dat er een grote aasgier recht boven zijn hoofd in de lucht zweefde. De aasgier vloog omlaag en ging op een rotsblok naast het pad zitten. De vogel keek strak naar Jonas, die de zandloper voor de derde keer omdraaide en in de moordende hitte verder ploeterde. Zodra Jonas de roofvogel passeerde vloog het beest op en ging het een stukje verder opnieuw naast het pad zitten wachten.

Jonas voelde de moed in zijn schoenen zakken. Ik haal het niet, dacht hij. Ik zak hier straks als een zoutzak in elkaar. Maar net toen Jonas dacht dat hij zijn laatste stap had gezet, klonk er vanaf het pad voor hem een luide schreeuw.

'We zijn er! Mannen, we zijn er! Kijk eens wat een goud!'

Door deze kreet kreeg Jonas nieuwe moed. Hij zette zijn kiezen op elkaar en worstelde zich verder omhoog. Toen hij de top van de vulkaan bereikte viel zijn mond open van verbazing. Op de bergtop lag een helderblauw meer. Rond het meer lag een strand, dat goudgeel blonk in de zon. Op dat strand dansten de matrozen van pure vreugde heen en weer.

'Puur goud,' riep Jabik Veenbaas. 'Dit is geen zand, mannen, dit zijn goudkorrels!

IJsbrandt, Lommert en de andere matrozen lieten zich luid lachend in de goudkorrels vallen. Ze schepten hun handen vol met goudkorrels en lieten ze door hun vingers in het water glijden.

'Wat is dat zwaar,' riep Lommert. 'Moet je voelen, het is nog zwaarder dan lood!'

Kapitein Kwadraat stak zijn hand op.

'Ha Jonas,' zei hij. 'Hoeveel tijd is er voorbij gegaan?'

Jonas keek snel op de zandloper. Gelukkig zat er nog flink wat zand in het bovenste vakje.

'We zijn voorbij drie, kapitein,' zei hij. 'De bovenste zandloper zit iets meer dan halfvol.'

Kapitein Kwadraat knikte en haalde een stapeltje linnen zakken uit zijn schoudertas tevoorschijn.

'Mannen,' zei hij luid. 'We moeten opschieten. Over een kwartier moeten we hier weg zijn. Straks komen er weer giftige dampen uit het meer en als die naar beneden rollen moeten wij bij de bosrand zijn. Pak aan, ieder een zak. Vul hem met goud, maar neem niet teveel mee. Jullie weten wat de Gouden Man gezegd heeft.'

Kapitein Kwadraat begon de zakken uit te delen, maar Jabik Veenbaas en nog twee matrozen pakten ze niet aan.

'Ik ben voor een beetje rook niet bang, ouwe,' zei Jabik. 'Ik blijf hier, bij het goud. Hier ben ik schatrijk. Ga zelf maar de zeilen hijsen en het dek schrobben, met je malle rekenkunsten.'

Jonas zag dat kapitein Kwadraat kwaad werd. Net als IJsbrandt en Lommert pakte hij een zak aan om die met goudkorrels te vullen. Krijn pakte de zak wel aan, maar aarzelde en keek een beetje hulpeloos naar Jabik en de twee matrozen.

'Schathemelrijk ben ik,' schreeuwde Jabik, die zich languit op het strand liet vallen en deed of hij zwom.

'Kijk maar, ik zwem in het goud!'

Kapitein Kwadraat liep naar hem toe.

'Jabik, we moeten hier echt over een paar minuten weg,' zei hij. 'Kijk eens om je heen. Er is goud, er is water, maar er is niets dat leeft. Geen vogels en geen vissen, geen planten en geen bloemen, geen insecten, helemaal niets.'

'Mooi,' zei Jabik, terwijl hij zijn kapitein uitdagend aankeek. 'Dan is dit alles dus helemaal van mij alleen. Van mij, Jabik Veenbaas, koning van de vulkaan en keizer van het goud- korrelstrand.'

'En wij dan?' vroegen de twee matrozen. 'Wij blijven ook hier, als je dat maar weet. Vuile hebberd!'

Kapitein Kwadraat keek onthutst naar de drie wei- gerachtige zeelui.

'Kijken jullie dan eens goed,' zei hij nog een keer. 'Je ziet toch dat...'

Op dat moment gaf IJsbrandt een luide gil.

'Kijk daar! Achter die rots! Genade, genade!'

De mannen keken in de richting die IJsbrandt aanwees. Toen Jonas het zag voelde hij dat zijn haren overeind kwa- men. Achter het rotsblok lagen tientallen geraamten, alle- maal gehuld in zeemanskleren. Jonas zag twee kapiteins, een paar stuurlui en veel, heel veel matrozen. Sommige doodskoppen hadden kleurige doeken om hun hoofden, wat een vreemd gezicht was.

'Hebben jullie het nu gezien?' vroeg kapitein Kwadraat op norse toon aan Jabik en de twee opstandige matrozen. Die keken met grote angstogen naar de beenderen en de sche- dels en zeiden niets meer.

'Dan nu voor de laatste keer: zakken vullen en meekomen,' beval kapitein Kwadraat. 'We gaan terug, voor het te laat is.'

Dit keer sprak niemand kapitein Kwadraat tegen. De mannen die dat nog niet gedaan hadden, schepten hun linnen zakken vol goudkorrels. Daarbij keken ze schichtig naar de skeletten, alsof ze bang waren dat die overeind zouden komen. Zelfs Jabik was doodsbenauwd. Jonas hoorde hem mompelen: 'Jabik, wegwezen. Als zo'n skelet op je rug springt, laat hij nooit meer los. Dan moet je daar tot het eind van je dagen mee rondlopen.'

Nadat Jabik nog een laatste maal met angst en weerzin naar de geraamten had gekeken nam hij de zak met goud op zijn rug en liep met grote stappen naar het bergpad.

'Jabik, blijf rustig.' zei kapitein Kwadraat streng. 'Het goud is zwaar en het pad is steil. Loop met kleine stappen, anders verlies je je evenwicht.'

Ook Jonas moest zich inhouden om geen grote stappen te nemen. Hij struikelde een keer en op een steil stuk gleed hij bijna de afgrond in.

'Iedereen rustig blijven lopen,' zei kapitein Kwadraat toen ze bij een plek kwamen waar het pad nog steiler naar beneden liep. 'Wie hier misstapt is verloren.'

Jonas keek naast het pad, maar draaide zijn hoofd snel weer terug. De afgrond was hier zo diep dat hij er bijna misselijk van werd. Hij keek naar de grond vlak voor zich, zette kleine stapjes en probeerde zo te lopen dat de zak met goud op zijn rug niet heen en weer zwaaide. In een bocht draaide hij de zandloper voor de eerste keer om.

'Halen we het?' vroeg Krijn met trillende stem. Jonas keek hem aan. Krijn zag er vreselijk uit. Hij had holle ogen van angst en ontzetting en trilde over zijn hele lijf. Kapitein Kwadraat zag het.

'Loop door en blijf kalm jongen,' zei hij. 'Niet bang zijn, niet praten, niet in de afgrond kijken. Probeer alleen te denken aan de volgende stap die je neemt. Dat is je beste kans op redding.'

Krijn zuchtte diep en knikte.

Zo klommen de mannen langs het rotspad naar beneden. Jonas voelde zijn spieren bijna scheuren, maar hij zette door. Af en toe klonk er een kreet of een verwensing, als iemand bijna misstapte of weggleed.

Nadat hij de zandloper voor de tweede keer had omgedraaid begon het Jonas weer te duizelen. Hij voelde zijn benen trillen, zijn hoofd bonkte en deed pijn van zijn wenkbrauwen tot zijn oren. Hij stopte even om een slok water uit zijn kruik te drinken. De zwarte vlekken voor zijn ogen verdwenen, maar wat hij daarna kreeg te zien joeg hem de stuipen op het lijf. Op een armlengte voor hem zat de aasgier, die een paar keer met zijn ogen knipperde en hem daarna strak aankeek...

Hoe Jonas het volgende stuk van het pad afklauterde wist hij zich later niet meer te herinneren. Zijn voeten brandden en zijn knieën kraakten, maar door de doodsangst voelde hij het niet. Hij zette stap na stap en stopte daar pas mee toen voor hem een woeste schreeuw klonk en Jabik Veenbaas achterover tegen de rotsgrond smakte.

Even was er bij iedereen paniek. Kapitein Kwadraat kwam als eerste tot kalmte.

'Jabik, leg het goud opzij en probeer te staan. Lukt dat?'

Jabik haalde de linnen zak van zijn schouder en probeerde overeind te komen. Het lukte niet.

'Het is mijn enkel.' kreunde hij. 'Ik kan op deze enkel niet staan, kapitein. Au, au!'

'Jonas, hoe staat de zandloper?'

Jonas keek en zag tot zijn schrik dat het zand al tot over de helft was leeggelopen.

'Nog iets minder dan de helft, kapitein,' zei hij met trillende stem.

Jabik kreunde en sloeg zijn handen voor zijn gezicht.

'Gaan jullie maar, mannen,' zei hij met schorre stem. 'Laat mij maar achter, ik red het niet meer. Kapitein?'

'Zeg het, Jabik,' zei kapitein Kwadraat.

'Mijn vrouw heeft twee kinderen, kapitein. Als u heelhuids terugkomt, kunnen zij dan meedelen met de winst van deze reis?'

Jonas zag dat kapitein Kwadraat even slikte en snel een andere kant opkeek. Toen haalde hij diep adem en zei: 'Mijn hand erop, Jabik. En...'

Jonas zag het straaltje zand doorlopen en stak zijn hand op.

'We moeten echt verder, kapitein. Anders...'

Kapitein Kwadraat knikte.

'Acht is meer dan negen,' mompelde Lommert Knoest.

Acht?

Jonas fronste zijn voorhoofd.

Acht?

Hij zag dat de matrozen Jabik ieder een hand gaven en snel verder liepen. Kapitein Kwadraat als laatste, maar juist toen hij zijn hand naar Jabik uitstak, gaf Jonas een schreeuw van vreugde.

'Kapitein! Ik heb één keer te weinig geteld!'

Jonas praatte zo snel dat hij een paar keer over zijn woorden struikelde.

'Kapitein, ik had zeven strepen. Op de tafel. Zeven. Toen knalde de vulkaan en ben ik naar... Er stonden zeven strepen, kapitein. Maar net toen ik de achtste wilde zetten knalde de vulkaan. Toen ben... ik heb dus een streep te weinig gezet. Ik heb u geroepen toen ik de achtste streep wilde zetten, maar die heb ik niet gezet omdat de vulkaan knalde. Dus...'

Kapitein Kwadraat pakte Jonas bij zijn kin en keek hem recht aan.

'Klopt dit Jonas? Of verzin je het omdat je Jabik niet alleen achter wilt laten? Zeg eerlijk!'

'Het... het klopt, kapitein,' stotterde Jonas.

'Jabik, laat je zak met goud liggen en hink of kruip naar de volgende bocht. Daar wordt het pad breder en kan iemand naast je gaan lopen om je te ondersteunen. Jonas, blijf bij Jabik. Ik loop snel naar de anderen om te zeggen dat ze voorbij de bocht op jullie moeten wachten. Order begrepen?'

'Order begrepen, kapitein,' zei Jonas.

Kapitein Kwadraat liep snel het pad af. Toen hij een stukje verder was fluisterde Jabik: 'Jonas, help even. Leg de zak met goud op mijn rug. Dan kruip ik naar beneden. Dat is beter, want als ik ga hinkelen, verzwikt mijn andere enkel ook nog.'

Jonas deed het maar, al was het tegen de orders van de kapitein. Jabik begon te kruipen, maar dat viel niet mee. Het pad was hier zó steil, dat hij achterstevoren naar beneden moest kruipen. Jonas hielp hem door te waarschuwen als hij te dicht bij de rand van de afgrond kwam. Dat ging nog bijna mis, omdat hij ook op de zandloper moest letten. Jabik hing met één been boven de diepte en kon zich nog net vasthouden. De zak met goud die hij op zijn rug had trok hem bijna de afgrond in, maar Jabik kon hem nog net op tijd afgooien. De zak met goudkorrels suisde naar beneden en plofte op de rotsen uit elkaar.

'Kruip ik zo goed?' vroeg Jabik daarna telkens.

'Ja, maar het moet wel sneller,' zei Jonas. 'Want anders komen we toch nog te laat beneden.'

Gelukkig werd het pad een stukje verderop minder steil en kon Jabik gewoon vooruit kruipen. Dat ging meteen een heel stuk vlotter. Toch was Jonas opgelucht toen ze eindelijk bij de bocht kwamen waar het bergpad breder werd. Daar gaf kapitein Kwadraat aan een van de matrozen opdracht om Jabik te ondersteunen.

'Ik zie dat je je aan de opdracht hebt gehouden om het goud achter te laten,' zei kapitein Kwadraat. 'Dat vind ik knap van je, Jabik. Daar had ik niet op gerekend.'

Jonas keek Jabik snel aan, maar die keek niet terug.

De tocht door het bos verliep zonder veel problemen. 77
Iedereen was uitgeput, maar de gedachte aan het goud zorg-
de voor een opgewekte stemming.

'Ik ga thuis meteen een kippenhok bouwen,' zei een van de
matrozen. 'Elke ochtend verse eieren, heerlijk. Gebakken
eieren met spek, het lekkerste wat er op de wereld is.'

'Kun je van de Gouden Man eieren kopen?' vroeg Lommert Knoest aan IJsbrandt.

'Ik weet niet of er kippen op dit eiland zijn,' antwoordde
IJsbrandt. 'Maar ik kan het proberen. Er zijn in elk geval
wel geiten, want ik heb mensen in hemden van geitenvellen
zien lopen. Dus we kunnen in elk geval vis, eenden en gei-
tenvlees proberen te kopen.'

'Ja, en dan betalen we ze met hun eigen goud,' lachte een
matroos. Maar toen ze op het strand aankwamen verdween
de vrolijke stemming. De Gouden Man stond hen op te
wachten.

'Jullie zijn levend teruggekomen,' zei hij nors. 'Dat is nog
nooit iemand gelukt.'

'Morgen klimmen we nog een keer omhoog,' zei kapitein
Kwadraat. 'We gaan nu naar ons schip om te eten en te slapen.'

De Gouden Man kruiste zijn machtige armen voor zijn
borst en schudde zijn hoofd.

'Jullie zijn hier niet meer welkom,' zei hij. 'Het goud dat u
hebt mag u houden, dat was de afspraak. Morgen moet u
zodra de zon opkomt vertrekken. Niemand van jullie mag

hier terugkomen, op straffe des doods.'

'Waarom is dat,' vroeg kapitein Kwadraat.

'Wij leven van de hebzucht van anderen,' zei de Gouden Man. 'Schepen gaan hier voor anker, matrozen klimmen de vulkaan op en komen niet meer terug. Dan gaan de achtergebleven matrozen kijken wat er gebeurd is en die komen ook niet terug. Dan hebben wij hun schip, met alles wat er aan boord is. Meel, bonen en vlees om te eten. En gereedschap, touwen en zeilen om tenten van te maken. Aan bezoekers die levend van de vulkaan terugkomen hebben wij niets. Dus moet ik u wegsturen, anders heeft u straks al ons goud. En dan komen er geen andere schepen meer, die wij kunnen plunderen.'

'Mogen wij nog wel vers drinkwater meenemen?' vroeg kapitein Kwadraat.

De Gouden Man wees naar Jonas, die nog steeds de zandloper in zijn handen had.

'In ruil voor die tijdmeter mag u water meenemen zoveel u wilt,' zei hij.

Kapitein Kwadraat schraapte zijn keel.

'Kan ik u iets anders aanbieden? Ik heb heel goede kwaliteit hamers en zagen aan boord. Deze zandloper is namelijk een erfstuk, hij was van mijn vader en van mijn grootvader.'

De Gouden Man schudde zijn hoofd en wees zwijgend naar de zandloper. Kapitein Kwadraat dacht even na, zuchtte en legde de zandloper in de uitgestoken hand.

Daarna zei niemand meer iets. De matrozen roeiden zwijgend naar De Zilveren Nul en legden de zakken met goudkorrels in de kapiteinshut. Lommert en Jonas kregen opdracht om naar het eiland terug te gaan om twee lege watervaten te vullen. Dat deden ze in een beekje, dat vanaf de vulkaan in zee stroomde. Terwijl ze de vaten vol schepten bleef de Gouden Man hen met een boos gezicht aankijken. Jonas probeerde eerst nog om de felgekleurde visjes, die met honderden in het beekje rondzwommen, met zijn emmer te ontwijken. Door de starende blik van de Gouden Man raakte hij steeds zenuwachtiger. Op het laatst lette hij nergens meer op en schepte hij zo snel mogelijk de vaten vol water.

'We gaan meteen roeien,' fluisterde Lommert. 'Die kerel kijkt alsof hij ons levend wil koken.'

Terwijl ze naar het schip terugroeiden wees Lommert naar de zon.

'Zie je hoe snel hij hier ondergaat,' zei hij. 'Over een kwartier is het stikdonker.'

Toen Jonas naar de ondergaande zon keek, zag hij aan de einder een rechtopstaand streepje. Hij knipperde met zijn ogen om te kijken of hij het wel goed zag. Toen hij voor de tweede keer keek was het streepje weg. Ik heb vandaag te weinig gegeten, dacht Jonas. Ik zie dingen die er niet zijn.

Maar voor Jonas eten kreeg moest hij eerst samen met de anderen verzamelen bij de grote mast. Kapitein Kwadraat stond hen daar bij het licht van de lantaarn op te wachten. 'Het goede nieuws is dat we vandaag 156 pond goud hebben buitgemaakt en dat we allemaal nog in leven zijn,' zei hij.

De matrozen bromden instemmend en hier en daar hoorde Jonas zacht gejuich.

'Dat is gelukt door het gebruik van rekenkunde, want zonder dat zouden er nu acht verse doden boven op de vulkaan liggen. Het is ook gelukt door hard werken, dapperheid en doorzetten op moeilijke ogenblikken. Maar het had ook heel goed verkeerd kunnen aflopen. Dat was ook bijna gebeurd en ik moet aan twee man een straf uitdelen. Aan Jabik Veenbaas, omdat hij op de top van de vulkaan een opdracht weigerde en zo brutaal was om tegen zijn kapitein te zeggen: "Ga zelf maar het dek schrobben". Jabik, jij krijgt een staartdeling op je borst getatoeëerd. En wel: $156:23=6,78$ rest 6.'

'Meer dan zes pond per man,' riep Baltus Baltus. 'Horen jullie dat? We krijgen ieder meer dan zes pond goud!'

Kapitein Kwadraat klapte in zijn handen. 'Orde!' zei hij luid. 'De tweede straf is voor Jonas. Die heeft bij het noteren van de zandloper een fout gemaakt die een van de anderen bijna het leven heeft gekost. Daarvoor krijgt hij als straf de keersom $2x7=14$ op zijn bovenarm.'

Jonas schrok. Hij keek ontzet naar de kapitein en hoopte dat het een grapje was. Maar dat was het niet: de kapitein keek ernstig.

Lommert Knoest stak zijn hand op: 'Permissie kapitein, maar Jonas heeft zijn fout zelf goedgemaakt.'

Een matroos viel hem bij. 'Het oude spreekwoord is: eind goed al goed. Dus als alles goed afloopt moeten er geen straffen worden uitgedeeld.'

'Nou ja,' zei Baltus Baltus, 'je kunt natuurlijk niet tegen je kapitein zeggen: ga zelf maar je dek schrobben.'

'We hebben het niet over Jabik,' zei Lommert. 'We hebben het over die jongen.'

'Baltus de Hielenlikker,' zei de matroos erachteraan.

Meer matrozen mopperden op Baltus Baltus. Sommigen zwaaiden met een gebalde vuist in zijn richting. Anderen

keken hem woedend aan en sisten hem toe dat hij een slap-
janus en een huichelaar was.

Jonas voelde dat hij door de matrozen die naast hem stonden op zijn schouders werd geklopt.

'Wij zijn trots op je, jongen,' zei de bootsman.
'Jij bent onze broeder,' zei Krijn.

Kapitein Kwadraat klapte in zijn handen.

'De straffen worden nog niet uitgevoerd,' zei hij. 'We gaan
eerst slapen. Morgenochtend hijsen we de zeilen, zodra er
genoeg licht is om de onderzeese rotspunten te kunnen
zien. Want de Gouden Man heeft gedreigd dat hij ons aan-
valt als we hier tot na zonsopgang blijven. Alle hens inge-
rukt. En voor het slapen allemaal een kroes bier op de
goede terugreis. Goedenacht.'

Die nacht kon Jonas niet slapen. Hij dacht telkens aan de
straf, aan het goud en aan kapitein Kwadraat. Waarom was
die opeens zo onrechtvaardig tegen hem? Hij was inderdaad vergeten om gisternacht de laatste streep te zetten.
Maar zodra hij zich dat herinnerde had hij het meteen
gezegd. Ik had ook niks kunnen zeggen, dacht Jonas. Dan
had ik geen straf gehad. Dan was Jabik niet levend teruggekomen. Zou hij straks echt meer dan zes pond goud krijgen? Dan zouden de zorgen van zijn vader en moeder
voorbij zijn. Zes pond goud! Daar kon je tien jaar van leven
en dan hield je nog geld over. Maar eerst kreeg hij voor
straf een tatoeage erbij. Iedereen vond het onrechtvaardig,
maar toch kreeg hij hem. Dat Jabik een tatoeage kreeg,
snapte hij. Die was heel brutaal geweest. Maar hijzelf?
Jonas draaide zich op zijn strozak om en zuchtte. Gisternacht had hij maar kort geslapen. Vandaag had hij de hele

dag geroeid, gelopen en gesjouwd. Eigenlijk moest hij heel diep slapen, zodat hij morgen weer fit zou zijn. Hij draaide zich weer om, en daarna nog een keer, en nog een keer. Dit wordt niks, dacht Jonas. Ik kan beter aan dek gaan zitten en naar de sterren kijken. Misschien word ik daar een beetje rustig van.

Jonas stond voorzichtig op, om IJsbrandt niet wakker te maken. Hij sloop de kombuis uit en liep naar de grote mast. Boven de oceaan was alles donker. De enige lichten die hij zag waren de lantaarn in de mast en het kampvuur van de indianen op het eiland. Jonas keek naar de voorplecht om te zien wie er op wacht stond. Toen trokken vreemde geluiden zijn aandacht. Bij het zijboord hoorde hij een droge tik. Daarna klonken er zachte voetstappen, die van naast het schip leken te komen. Naast het schip? Jonas fronste zijn voorhoofd. Ze waren toch op zee? Hoe kon je dan naast je voetstappen horen? Jonas liep langzaam naar de plek waar de geluiden vandaan leken te komen. Toen hij over de zijboord naar beneden keek, kreeg hij de schrik van zijn leven. Vlak voor zich zag hij een woest hoofd met een ruige baard en een mes tussen de tanden. Een paar stappen verder zag hij nog een hoofd, en daarnaast nog een. Even kon Jonas geen woord uitbrengen. Hij keek met grote ogen naar de omhoog klimmende woestelingen. Een seconde later begreep hij wat er aan de hand was. Hij draaide zich om, haalde diep adem en schreeuwde: 'Kapitein! Alarm! Er zijn piraten!'

Jonas wilde naar de kapiteinshut rennen, maar hij was te laat. Grote handen grepen hem van achter beet en drukten hem tegen het dek. Overal om hem heen klonken snelle voetstappen. Daarna hoorde Jonas het geluid van vuisten die op een houten deur bonkten.

'Geef je over! Dit schip is gekaapt, geef je over of sterf!'

Pas toen het licht werd kon Jonas de piraten goed zien. Ze waren met velen, hij telde er meer dan dertig. Stuk voor stuk waren het grote kerels. Ze hadden woeste baarden en dikke bossen haar die stijf stonden van het vuil. De meesten hadden grote littekens op hun gezichten en armen. Jonas zag dat Lommert Knoest zijn hand opstak naar een grote man met een hoed en een litteken op zijn wang.

De man met de hoed keek Lommert aan en liep naar hem toe.

'Zo Knoest,' zei hij. 'Nog altijd matroos?'

Lommert Knoest knikte.

'Dan ben je ook niet veel opgeschoten,' lachte de man. 'Kijk mij eens, ik ben kapitein geworden! Dat had je niet gedacht hè, Knoest? Met je stomme gelach toen de kapitein mij in de maling nam. Nou Knoest, zeg eens eerlijk: had je dat gedacht of niet?'

'Nee Zacharias,' zei Lommert. 'Dat had ik niet gedacht.'

'Zacharias?' bulderde de grote man. 'Noemde je mij Zacharias? Zeg Knoest, ben jij helemaal gek geworden? Ik ben kapitein Hooij! Knoop dat in je oren!'

En voor Lommert met zijn ogen kon knipperen had Zacharias Hooij hem twee knallen om zijn oren gegeven.

Toen Zacharias Hooij zich omdraaide en naar het midden van het dek liep, zag Jonas dat er op zijn zwarte hoed een witte doodskop zat.

'Matrozen van De Zilveren Nul,' zei Zacharias Hooij op luide toon. 'Jullie schip is gekaapt. Alles wat hier aan boord is, is van mij. Het goud is al naar mijn eigen schip gebracht. Dit schip ga ik in Brazilië verkopen en jullie kunnen kiezen. Als jullie beloven om mij te gehoorzamen, zet ik jullie in Brazilië aan land. Daar kunnen jullie wachten op een schip dat jullie terug naar Holland brengt. Zo niet, dan verkoop ik jullie op de slavenmarkt en zien jullie je familie nooit meer terug.'

Kapitein Kwadraat stak zijn hand op.

'Ik heb een ander voorstel,' zei hij. 'Jij geeft ons nu meteen dit schip terug. En in ruil daarvoor helpen wij je om de oorlogsvloot van de Gouden Man te verslaan.'

Zacharias Hooij keek even verbouwereerd. Toen begon hij

honend te lachen. 'Wat is dit voor onzin,' bulderde hij. 'De oorlogsvloot van de Gouden Man? Geloof jij soms ook in kabouters? Of in Luilekkerland, waar je je mond open hoeft te doen en er vliegt een gebraden kip in? Haha, ben jij even stom.'

De piraten lachten met hun aanvoerder mee. Hun geluid daverde over het dek, maar kapitein Kwadraat bleef rustig. 'Jullie hebben zojuist 156 pond goud buitgemaakt,' zei hij. 'Het zou toch jammer zijn als jullie daar niet van konden genieten, vinden jullie ook niet? Dus kijk naar het eiland en zeg maar of jullie mijn voorstel aannemen. Als ik jullie was zou ik niet te lang wachten.'

Iedereen keek nu naar het eiland. Daar werden zeven grote kano's in het water geduwd. In elk van de kano's klommen twintig mannen, die bewapend waren met speren en katapults. De mannen peddelden uit alle macht en kwamen snel dichterbij.

'Als die je te pakken krijgen, word je levend gekookt,' zei kapitein Kwadraat tegen Zacharias Hooij. 'Maar zover is het nog niet. Eerst steken ze je schip in brand. Wacht maar af, straks dopen ze hun speren in de brandende pek. Die gooien ze naar je zeilen en als die in brand vliegen, kun je niet meer wegvaren. Dan hoeven ze alleen maar af te wachten tot je van honger en dorst naar hun eiland komt. Dus zeg het maar. Als wij ons schip terugkrijgen, helpen we je. En anders niet.'

Zacharias Hooij keek even verward om zich heen. Vanuit zee klonk een woeste schreeuw. De Gouden Man stond, met zijn mantel om zijn schouders, rechtop in een kano en zwaaide met zijn speer. Jonas zag dat de piraten elkaar aankeken. Een kerel met een baard vol vlechtjes fluisterde iets in het oor van Zacharias Hooij. Die knikte en vroeg: 'Als u ons rugdekking geeft, roeien wij naar ons schip terug. Dan mag u uw schip houden. Krijg ik daarvoor uw erewoord?'

'Erewoord,' zei kapitein Kwadraat.

Hierna ging alles heel snel. De piraten klommen overboord en roeiden in een sloep naar hun schip terug. Omdat De Zilveren Nul tussen hen en het eiland in lag, konden de indianen hen niet zien. Dat was maar gelukkig ook, want hun kano's waren veel sneller dan de sloep en ze zouden de vluchtende zeerovers zeker ingehaald hebben. Nu peddelden de aanvallers naar het schip van kapitein Kwadraat. De Gouden Man stond in de voorste kano en was nu zo dichtbij dat Jonas zijn oogwit kon zien. Hij brulde een strijdkreet, doopte de punt van zijn speer in de brandende pek en haalde zijn arm naar achter. Een moment later suisde de brandende speer door de lucht. Jonas keek met ingehouden adem naar de vuurbol, die de zeilen op een haar na miste en met een klap in het voordek terechtkwam, vlak bij de plek waar hij stond. Jonas wilde de vlammen doven, maar Lommert Knoest schreeuwde dat hij moest stoppen.

'Niet uitdoven! Jonas! Trek die speer eruit en gooi hem terug!'

Jonas greep de speer met beide handen beet en rukte hem los. De punt brandde nog.

'Gooi hem terug!' brulde Lommert.

Jonas keek naar de kano's. De Gouden Man bukte, pakte een nieuwe speer en stak de punt in een bus met brandende pek.

'Gooi dan!' brulde Lommert. 'Als hij ons zeil raakt, zijn we verloren!'

Jonas boog zijn arm naar achter, zoog zijn longen vol lucht en gooide de speer met al zijn kracht naar de Gouden Man. Door de kracht van zijn worp viel Jonas bijna overboord, hij kon zich nog net vasthouden. De speer vloog in een boog door de lucht. Even leek het erop dat hij over de kano van de Gouden Man heen zou vliegen. Die stond klaar en haalde juist zijn arm naar achteren om zijn tweede speer naar het schip te gooien, toen de speer van Jonas opeens vaart verloor. De speer leek uit de lucht naar beneden te vallen en kwam recht op de Gouden Man af. Die zag het gevaar en bukte, waarbij hij uitgleed en in het water viel. Wat hierna gebeurde was voor Jonas onbegrijpelijk. De indianen raakten in paniek en doken met zijn allen overboord om hun hoofdman te redden.

'Het is zijn mantel,' zei de bootsman. 'Die is van gouddraad. Dat is heel zwaar en daardoor wordt hij naar de diepte getrokken.'

'Bootsman, we gaan zeilen,' zei kapitein Kwadraat. 'Ik wil hier zo snel mogelijk weg. Ik voel aan dat we alleen maar meer narigheid krijgen als we hier nog langer blijven.'

'Dat zei ik toch,' mompelde IJsbrandt.

Hoofdstuk 9
Een treurige terugtocht

Hoog in de masten zat een troep meeuwen, die het schip gebruikten om even uit te rusten als ze op visjes hadden gejaagd. Jonas kreeg opdracht om het dek te schrobben, want dat was door vogelpoep vies en glad geworden. Hij schrobde met een korte bezem de poep van de planken, maar telkens als het dek schoon was liet een van de meeuwen weer een nieuwe flark naar beneden kletteren. Dan begon Jonas mopperend opnieuw te boenen, tot hij er genoeg van kreeg. Hij pakte een oude schoen en gooide die naar de kop van de grootste meeuw. De meeuw vluchtte krijsend weg, de anderen vlogen achter hem aan.

'Die zijn we kwijt,' lachte Jonas. De matrozen keken Jonas somber aan.

'Je mag niet naar meeuwen gooien,' zei Krijn. 'Dat brengt ongeluk.'

'Een beetje ongeluk kan er ook nog wel bij,' mompelde Lommert. 'Vanochtend vroeg waren we nog rijk. En nu...'

'De hele reis voor niets,' zei Jabik. 'En het ergste krijgen we nog. Want als wij straks met lege handen thuis komen, zullen onze vrouwen niet vrolijk kijken.'

'Lege handen, lege pannen,' zei Lommert. 'En dan moeten we zo snel mogelijk weer naar zee terug. Anders worden de kinderen nog ziek van de honger.'

'Ontberingen staan ons te wachten,' zei IJsbrandt. 'Rampspoed en ontberingen. Maar eerst krijgen we nog een flinke storm. Kijk maar eens naar de lucht. Ik zei het toch: dit wordt niks. Dit wordt één grote rampentocht.'

Een uur later bolden de zeilen met een knal strak in de masten. De Zilveren Nul kwam helemaal schuin op de golven te liggen en veerde daarna met een reuzenzwaai terug naar de andere kant. De wind gierde door de touwen. Baltus klom als een haas uit het kraaiennest naar beneden. 'Ik schrok mij te pletter,' riep hij wel drie keer achter elkaar. 'Ik kon mij nog net vastgrijpen, anders was ik in zee gevallen. Zoiets heb ik nog nooit meegemaakt.'

Jonas keek naar de top van de grote mast, die wild heen en weer zwaaide. Meteen daarna moest hij zich aan een zijboord vastklemmen om niet in zee te vallen.

'Golf aan stuurboord,' schreeuwde Jabik. 'Sjor je vast, mannen! Hoge golf aan stuurboord! Recht op ons af!'

'Naar binnen! Meteen!' schreeuwde IJsbrandt.

Jonas voelde dat hij werd beetgepakt en meegetrokken. Terwijl hij ruggelings de kombuis in viel hoorde hij een enorme dreun op de deur.

'Net op tijd,' mompelde IJsbrandt.

Jonas probeerde op te staan, maar dat lukte niet. Er was een pan uiensoep omgevallen en de vloer was spekglad. Jonas schoof met elke beweging van het schip over de vloer hen en weer.

'Probeer je vast te klemmen,' riep IJsbrandt. 'Anders zit je straks onder de builen en de blauwe plekken.'

De stormwind loeide zonder onderbreking en joeg het schip over de met schuim bedekte golven. Jonas en IJsbrandt slaagden erin de vloer van de kombuis schoon te maken, zodat ze weer konden staan zonder voortdurend uit te glijden. Zodra het kon maakten ze brood met spek klaar voor de matrozen. De meesten kwamen om beurten een stuk brood halen, maar Jabik en Lommert zaten hoog in het kraaiennest. Ze moesten op hun post blijven, zodat Jonas met een touw om zijn middel de mast in moest klimmen om eten te brengen. In de mast merkte Jonas pas goed hoe hard het waaide. De razende storm dreef de golven hoog op. Grote plukken vaalwit schuim en slierten zeewater vlogen door de lucht.

Het lijkt wel een sneeuwstorm, dacht Jonas. Door de langsgierende wolkenstapels zag hij vaag de zon. De wolken leken soms de toppen van de masten te raken, om zich daarna opeens tot een duizelingwekkende hoogte terug te trekken. Jonas voelde dat hij zeeziek werd. Hij keek niet langer naar de lucht en naar het water, maar lette alleen nog op de touwen waarlangs hij omhoog klom. Dat hielp. Gelukkig maar.

Drie dagen later luwde de storm net zo snel als hij was opgestoken. De zon brak door de wolken en het slingeren van het schip werd minder.

'Soep,' mompelde IJsbrandt. 'Dat zullen ze wel lusten, na drie dagen droog brood.'

Een paar uur later deelde Jonas dampende kommen uiensoep uit. De matrozen lagen aan dek in de zon en lieten hun kleren drogen. Lommert en Jabik kwamen uit het kraaiennest.

'Is dat niet gevaarlijk?' vroeg Jonas terwijl hij een kom soep in de van vermoeidheid trillende handen van Lommert drukte.

Lommert knikte en hoestte even.

Jabik vond het onzin. 'Als we zinken, zinken we met zijn

allen,' zei hij. 'En dan gaat het kraaiennest als laatste onder. Dus wie in het kraaiennest zit, leeft het langst.'

Lommert schudde zijn hoofd. 'Hij verdrinkt het laatst,' zei hij. Hij zette de kom aan zijn mond en nam voorzichtig een paar slokken van de dampende soep. Daarna haalde hij langzaam en diep adem.

'Ha,' zei hij. 'Lekker soepje. Dat doet een mens goed.'

'Wat een pechreis trouwens,' zei Jabik Veenbaas toen hij de soep op had. 'Eerst een windstilte om gek van te worden. Dan verzwik ik mijn enkel op een vulkaan. Daarna worden we van ons goud beroofd en dan komen we weer in een storm terecht waardoor het schip bijna vergaat. Dat heb ik nog nooit meegemaakt, zoveel narigheid op één reis.'

Jonas schrok. Hij dacht opeens weer aan zijn vader. Die kwam op een avond thuis, ging zonder een woord te zeggen aan tafel zitten en sloeg zijn handen voor zijn ogen. Zo bleef hij zitten, tot hij zei: 'Ik breng ongeluk.'

Daarna werd Jonas door zijn moeder naar bed gestuurd, zodat hij niet wist wat er aan de hand was. Zou het in de familie zitten, dacht Jonas. Zou het door mij komen dat op deze reis alles mis gaat? Zou er een vloek op de naam Sprenkeling rusten, die eeuwig bleef werken, tot het einde der tijden?

Hij verzamelde de lege soepkommen en bracht ze naar de kombuis. Onderweg kwam hij kapitein Kwadraat tegen, die naar het voordek liep.

'Jonas, straks verzamelen bij de grote mast.'

'Opdracht begrepen, kapitein,' zei Jonas. Meteen daarna schoot hem iets te binnen. Hij moest nog een tatoeage krijgen, en Jabik Veenbaas ook...

Een half uur later lag Jonas inderdaad met zijn rug op tafel. Terwijl meester Eibokken de naald met inkt in zijn arm prikte hoorde Jonas de matrozen om hem heen mopperen. 'Dit is geen stijl,' hoorde hij Krijn zeggen.

'Geef mij die tatoeage dan,' zei Jabik Veenbaas. 'Die jongen heeft mij gered. Zonder hem lag ik nu dood op een bergpad.'

'Die jongen heeft ons allemaal gered,' zei Lommert. 'Doordat hij die brandende speer precies op tijd naar de Gouden Man teruggooide.'

Kapitein Kwadraat wilde er niets van weten.

'Een kapitein moet stipt zijn,' zei hij. 'Zo stipt als een rekensom. Drie keer drie is negen, geen tien, of acht. Als een kapitein niet stipt is, gaat langzaam alles mis, dat is nu eenmaal mijn overtuiging. En die overtuiging klopt ook, want als ik op de vulkaan niet stipt was geweest, waren we nu allemaal dood geweest.'

'Het is een mooie tafel,' zei meester Eibokken zacht. Jonas voelde dat het was om hem te troosten. Hij keek naar het grote hoofd van meester Eibokken en merkte op dat die heel treurig keek. Dat vond Jonas eigenlijk erger dan de tatoeage, want hij mocht meester Eibokken graag.

'Nou ja,' zei hij. 'Zeven is een geluksgetal. Hoe meer zevens, hoe beter.'

Meester Eibokken keek hem even verbaasd aan. Toen verscheen er langzaam een glimlach op zijn gezicht, een glimlach die steeds breder werd en waardoor de punten van zijn getatoeëerde snor opwipten.

'Hoe meer zevens, hoe meer vreugd,' zei meester Eibokken grinnikend. 'Een een beetje vreugde kunnen we op deze reis wel gebruiken.'

Na Jonas was Jabik Veenbaas aan de beurt. Die vond zelf ook wel dat hij straf verdiend had, maar hij was het niet eens met de staartdeling. 'We hebben helemaal geen 156 pond goud om te verdelen,' zei hij. 'Dus is het een nutteloze rekensom, kapitein. Straks 93 moet ik telkens als ik de tatoeage zie aan deze mislukte reis terugdenken. Dat vind ik wel een heel zware straf, voor een beetje ongehoorzaamheid.'

Maar ook nu was kapitein Kwadraat onverbiddelijk. En een uur later had Jabik de staartdeling op zijn buik staan. De staartdeling waarop je kon zien hoeveel pond goud de matrozen per persoon gekregen zouden hebben als Zacharias Hooij hen niet beroofd had.

$$
\begin{array}{r}
23/156 \quad \backslash 6,78 \\
6\times23= 138 \\
\hline
180 \\
7\times23= 161 \\
\hline
190 \\
8\times23= 184 \\
\hline
\text{rest: } 6
\end{array}
$$

'Dat goud kunnen we op onze buiken schrijven,' zei Lommert Knoest. 'En bij Jabik is dat letterlijk!'
Jonas moest daarom lachen, maar Jabik niet.
'Het is dat die jongen het leuk vindt,' zei hij. 'En dat hij mij

gered heeft. Maar anders zou ik je even een lesje leren, ouwe Knoest.'

Kapitein Kwadraat klapte in zijn handen. 'Rustig mannen,' zei hij. 'En over lesjes leren gesproken: over een uur ga ik vertellen waarom dit schip De Zilveren Nul heet. Verder hoeven jullie vandaag niets te doen, behalve wat nodig is om het schip veilig thuis te laten komen. IJsbrandt, deel extra spek en varkenskluifjes uit. We hebben de afgelopen drie dagen zo snel gezeild dat we een week eerder terug zijn dan ik dacht.'

Nu verbeterde de stemming en er werd zelfs even gezongen:

Een zeeman beleeft avonturen,
dat hoort bij zijn zoute bestaan
als hij in de mast staat te turen
naar golven die komen en gaan
ahoi, ahoi.

Maar Jonas voelde dat er geen echte vrolijkheid was.
'Een week eerder thuis,' mompelde een matroos. 'Met lege handen op de kade.'
'Dan zullen we wat te horen krijgen,' zei een ander somber.
Jonas luisterde naar het gemopper en keek naar zijn tatoeage. Zou hij deze reis nog $3\times7=21$ op zijn arm krijgen?

Precies een uur later stond kapitein Kwadraat bij de grote mast.

'Mannen, ik ga jullie vertellen over het getal nul, zoals ik zojuist beloofd heb. En zoals bekend kom ik, kapitein Pier Kwadraat, mijn beloften altijd na.'

'Ja, dat weten we,' zei Jabik Veenbaas.

'De nul,' ging kapitein Kwadraat verder, 'is een heel jong getal. Het is eigenlijk nog maar pas geleden ontstaan. De andere getallen zijn al veel ouder. De nul is verder een heel merkwaardig getal. Alleen betekent de nul niets, pas als hij ergens achter staat, krijgt hij waarde. En daarbij heeft de nul nog een eigenschap, namelijk dat hij het mogelijk maakt om grote getallen te vermenigvuldigen en te delen. Om goed uit te leggen wat de nul is, neem ik eerst als voorbeeld het getal vijf. Hoeveel is twee keer vijf?'

Baltus Baltus keek op de bovenarm van Lommert Knoest en zei: 'Tien, kapitein.'

'Slijmjurk,' siste een matroos.

'Precies,' zei kapitein Kwadraat. 'En tien, dat schrijf je zo: 10. Kijk, nu heeft de nul waarde gekregen: ik heb hem achter de één gezet. Dat is het prachtige van de nul. Als je drie daalders hebt en je koopt iets wat drie daalders kost, dan houd je nul daalders over. Als IJsbrandt drieëntwintig ballen gehakt maakt en hij geeft iedereen aan boord een bal gehakt, dan heeft hij nul ballen gehakt over.'

'Ik snap hem, kapitein,' zei Jabik Veenbaas. 'Als we 156 pond goud hebben en een zeerover steelt het, dan hebben we nul pond goud.'

Een paar matrozen grinnikten. Anderen keken voorzichtig naar kapitein Kwadraat, om te zien of hij kwaad zou worden. Maar kapitein Kwadraat knikte glimlachend naar Jabik.

'Ik begrijp dat je nijdig bent over je straf, maar ik merk dat je goed oplet en daar ben ik verheugd over. Maar laat ik mijn verhaal afmaken. Zoals ik zei: alleen betekent de nul hetzelfde als het woord niets. Maar samen met andere cijfers betekent de nul wel iets. Het getal tien schreven onze verre voorvaderen door tien streepjes te zetten. De Romeinen schreven het met dit symbool, de X. En de Arabieren schrijven het zo: 10. Dus één, met een nul erachter. En honderd schrijven ze zo, de één met twee nullen. En duizend is de één met drie nullen erachter. Maar als de nul ervoor staat, betekent hij weer niets. En dat geldt ook met staartdelingen en keersommen. Nul keer nul is nul en nul keer een is ook nul. Dus hoeveel is nul keer duizend?'

Kaptein Kwadraat keek de kring matrozen rond. Jonas zag dat hij van de aandacht genoot: zijn ogen twinkelden en hij had blosjes op zijn wangen van trots.

'Dat is ook nul,' zei kapitein Kwadraat.

'Hoe kan dat nou kapitein,' vroeg een matroos. 'Duizend is toch veel meer dan een?'

Kapitein Kwadraat keek hem aan en glunderde. 'Dat is de macht van de nul,' zei hij. 'Alles wat je door nul deelt wordt nul en alles wat je met nul vermenigvuldigt wordt ook nul. Zelfs als je het grootste getal neemt dat je kunt bedenken, een getal zo groot dat dit hele schip met cijfers bedekt is als je het opschrijft, als je dat getal met nul vermenigvuldigt is de uitkomst nul. Dat is de macht en de pracht en de kracht van het getal nul, het mooiste en slimste getal dat er op de wereld bestaat, met de zon en de maan en de sterren erbij.'

'Joechei,' zei Jabik Veenbaas.

'De ontdekking van de nul geeft de mensheid inderdaad reden tot juichen,' zei kapitein Kwadraat.

Jonas keek de kring rond. Hij merkte dat de matrozen, die bij de vorige rekenlessen zaten te gapen en naar de golven staarden, dit keer vol aandacht naar kapitein Kwadraat keken. Zelfs Lommert, die bij elke rekenles klaagde over hoofdpijn, keek nadenkend naar de kapitein. Hij stak zijn hand op.

'Permissie,' zei hij. 'Is het soms zo dat je sommen altijd kunt omdraaien? Want dan snap ik het beter.'

'Hoe bedoel je, Lommert?' vroeg kapitein Kwadraat.

'Nou kapitein, zei Lommert. 'Als je drieëntwintig deelt door nul, dan begrijp ik eigenlijk niet dat de uitkomst nul is. Maar als je nul deelt door drieëntwintig begrijp ik het wel.'

Kapitein Kwadraat keek daar even vreemd van op. Hij streek met zijn hand over zijn puntbaardje en dacht diep na. Tussen zijn ogen verscheen een diepe rimpel, die soms even verdween maar daarna meteen weer terugkwam.

'Daar moet ik een nachtje over slapen,' zei hij toen.

Hoofdstuk 10
Muiterij om een rekenfout

Die dag was de stemming aan boord anders dan gewoon. De gesprekken gingen niet over zeemonsters, piraten, stormwinden en boze vrouwen die op de wallenkant stonden te wachten. Ze gingen over rekensommen. Overal op het schip stonden matrozen in kleine groepjes over het getal nul te praten. Toen Jonas de repen gerookt spek rondbracht ving hij stukken van de gesprekken op.

'Het kan toch niet waar zijn,' hoorde hij de bootsman zeggen. 'Als ik tien daalders heb en die deel ik door vijf, dan is de uitkomst twee. Deel ik ze door twee, dan is de uitkomst vijf. Deel ik ze door een, dan hou ik dus alles zelf en is de uitkomst tien. Maar als ik ze dan door nul deel is de uitkomst nul! Dan zijn die daalders dus opeens weg!'

'Dat lijkt wel toverij,' zei een matroos huiverend.

'Dat vind ik nou ook,' zei Baltus Baltus. 'Ik vind het griezelig. Het moet verboden worden om getallen door nul te delen.'

Op het voordek stond Lommert Knoest met Jabik Veenbaas en Krijn te praten.

'Als je met anderen deelt, hou je voor jezelf altijd minder over,' zei Jabik.

'Dat spreekt voor zich,' zei Lommert. 'Want als je zelf meer over zou houden wilde iedereen heel graag met anderen delen. En dat is niet zo.'

'Met anderen delen is soms best moeilijk,' zei Krijn met een wijs gezicht.

'Ja,' zei Jabik langzaam. 'Maar je houdt altijd iets over, ook al is het soms maar weinig. Daarom snap ik het niet. Als ik mijn laatste dubbeltje met jullie deel hebben we elk een paar cent. Maar als ik het met nul deel, hou ik niets over. Ik snap gewoon niet hoe dat kan. Het lijkt wel hekserij.'

Daar keek Jonas vreemd van op. Hekserij! Rekenen zou toch geen soort toverkunst zijn? Dan zou je er aan wal wel eens problemen mee kunnen krijgen. Dan werd je misschien wel beschuldigd en in de gracht gegooid. Als je naar de bodem zonk, verdronk je. Maar als je bleef drijven was je een heks en dan werd je op de brandstapel gezet! Hij liep snel naar de kombuis om nieuwe repen spek te halen. Daar zat IJsbrandt aan tafel, met een diepe frons op zijn voorhoofd.

'Jonas, luister. Ik heb drieëntwintig repen spek gesneden. Die deel ik uit aan drieëntwintig mannen. Dan heeft iedereen een reep spek. Maar als ik ze aan nul mannen uitdeel, zijn die repen spek opeens weg. Dat klopt toch niet? En als dit niet klopt, kloppen al die andere berekeningen misschien ook niet. Dan hebben we allemaal keersommen op onze armen die onzin zijn. Hoewel...'

IJsbrandt dacht nu nog dieper na dat eerst.

'Ze moeten goed zijn,' mompelde hij. 'Want ik gebruik ze bij het uitdelen en het klopt altijd. Sinds ik die tafel van drieëntwintig op mijn arm heb gebeurt het nooit meer dat ik een stuk spek teveel of een kroes bier te weinig heb. Zelfs de soepballen kloppen altijd precies, terwijl daar vroeger altijd ruzie over was...' IJsbrandt zuchtte. 'Breng nog even deze varkenspootjes naar de kapitein en de stuurman,' zei hij. 'En zeg tegen de matrozen dat ze een extra reep spek mogen halen.'

In de hut van de kapitein was de stemming al even bedrukt als aan dek. Kapitein Kwadraat, de stuurman en meester Eibokken zaten aan de kaartentafel.

'Ik begrijp dit niet,' mompelde kapitein Kwadraat. 'Tot nu toe klopt alles wat in dit boek staat. Alle cijferkunsten van meester Bartjens heb ik nagerekend en ik vond niet één fout. Tenminste, zo lijkt het. Ik zal toch niet iets heel eenvoudigs over het hoofd hebben gezien? Zoals meester Platvoet, met zijn theorie over het ontstaan van eb en vloed? In dat geval sta ik straks voor aap, op mijn eigen schip. Dat zal toch niet waar zijn?'

'Klopt de verklaring van Petrus Platvoet dan niet?' vroeg de stuurman.

Kapitein Kwadraat schudde zijn hoofd.

'Er klopt helemaal niets van,' zei hij somber. 'Petrus Platvoet redeneerde dat op de bodem van de oceaan een enorm zeemonster leeft, dat tientallen kilometers lang is. Daarbij wijst hij erop dat een dier dat kleiner is dan een mens sneller ademt, een dier dat net zo groot is als een mens net zo snel als een mens ademt en een dier dat groter is dan een mens langzamer ademt. Een walvis doet er bijvoorbeeld vijf minuten over om in en uit te ademen, terwijl een spitsmuisje daar een paar seconden over doet. Petrus Platvoet is toen met allerlei getallen van verschillende dieren gaan rekenen en daar kwam uit dat een dier dat er twaalf uur over doet om in- en uit te ademen, tientallen kilometers lang moet zijn. Als het dier inademt doet het daar zes uur over en dan wordt het eb. Als het monster uitademt doet het er ook zes uur over en dan is het vloed. Maar het klopt niet. Eb en vloed hebben met planeten te maken, niet met zeemonsters. En Petrus Platvoet is de stad uitgejaagd. Dat is het lot van een geleerde die een fout maakt.'

De drie mannen keken zwijgend naar het boek dat op de kaartentafel lag.

'Hoe is de stemming aan dek?' vroeg de stuurman opeens aan Jonas.

Die liet de schaal bijna uit zijn handen vallen.

'Ik eh... iedereen praat over de nul, stuurman. Maar eh... iemand zei dat het niet kon en dat het op... op toverij leek.'

'Toverij?' vroeg de stuurman.

'Ja, of hekserij,' zei Jonas. 'Het was in elk geval zoiets.'

'Hekserij.'

Kapitein Kwadraat sloeg zijn handen voor zijn gezicht.

'Daar gaat mijn goede naam,' zuchtte hij. 'Straks word ik aan wal opgepakt en aan zware martelingen onderworpen. Dan moet ik naar de heksenwaag en word ik in het water gegooid. En als ik niet naar de bodem zink, word ik op de brandstapel gezet.'

Meester Eibokken pakte het boek van de tafel en bladerde erin. Opeens stopte hij en begon aandachtig te lezen.

'Kapitein,' zei hij, 'ik geloof dat het probleem is opgelost. Luistert u maar: een deling door nul zou dus te allen tijde een nul als uitkomst moeten hebben, omdat vermenigvuldigen met nul dat ook heeft. Maar dan plakken hier twee bladzijden aan elkaar en hebt u een stuk overgeslagen. En juist daar staan een paar voorbeelden en daaronder de woorden: delen door nul is daarom niet toegestaan. Kijkt u maar.'

'Is delen door nul niet toegestaan?' Kapitein Kwadraat pakte het boek aan en las.

'Gelukkig,' mompelde hij. Meteen daarna betrok zijn gezicht. 'Wat moet ik nu doen?' vroeg hij met een grafstem. 'Moet ik, als kapitein van dit schip, aan mijn matrozen gaan vertellen dat ik een enorme blunder heb begaan? Dat ik, als het erop aankomt, niet meer ben dan een onwetende opschepper?'

Even was het stil rond de kaartentafel. De stuurman en meester Eibokken keken elkaar aan. Meester Eibokken maakte een gebaar dat hij geen andere oplossing wist te bedenken. De stuurman keek vervolgens naar Jonas maar draaide zijn hoofd snel weer weg.

Jonas dacht na of hij iets kon bedenken om de kapitein te helpen. Hij dacht aan wat Baltus Baltus zei, over dat delen door nul verboden zou moeten worden. Wie het toch deed, dacht Jonas, zou voor straf een tatoeage moeten krijgen. Hij schoot in de lach. Even maar, want toen hij zag dat de drie mannen hem verstoord aankeken hield hij meteen op. Jonas voelde dat hij een kleur kreeg en dat zijn rug ijskoud werd.

'Excuus kapitein,' stamelde hij. 'Ik... ik... dacht opeens aan iets.'

'Waaraan dacht je?' vroeg kapitein Kwadraat.

'Dat wie... wie door nul deelt een... een tatoeage moet krijgen, kapitein.'

Weer was het stil.

'Je vindt dat ik een tatoeage moet krijgen,' zei de kapitein Kwadraat langzaam.

Jonas slikte en durfde de kapitein niet aan te kijken.

'Wat vind jij daarvan, stuurman?'

'Deze beslissing laat ik aan u over, kapitein,' zei de stuurman. 'Ik kan niet beslissen over wie hoger in rang is dan ik. Als ik dat toch deed, zou ik straf verdienen.'

'Ik vraag je mening,' zei kapitein Kwadraat.

De stuurman haalde diep adem. 'Als u stipt als een reken-som wilt zijn, zou u een tatoeage moeten krijgen,' zei hij met moeite. 'Maar of u zo stipt bent, dat moet u uiteraard zelf bepalen. U bent tenslotte de kapitein, kapitein.'

Jonas keek voorzichtig op. Kapitein Kwadraat knikte nadenkend en streek over zijn baardje.

'Ja,' zei hij een paar keer. 'Ja. Dus dan zal ik mijzelf moeten veroordelen. Meester Eibokken, wat is: "Delen door nul is verboden" in het Latijn?'

Meester Eibokken dacht even na en antwoordde.

Kapitein Kwadraat stond op en sloeg zijn handen in elkaar. 'Dat moet u op mijn bovenarm tatoeëren. Laten we het meteen doen, des te eerder is het achter de rug. Opstaan mannen, naar de grote mast!'

Nadat kapitein Kwadraat was uitgesproken was het even stil aan dek. Toen begon er onder de matrozen een geroe-zemoes, dat zoetjesaan steeds luider werd.

'Gelukkig,' mompelde IJsbrandt.

'Ik zei het toch,' zei Baltus Baltus.

'Hebben we tóch een goede kapitein,' zei Jabik Veenbaas. 'Ondanks alles.'

Kapitein Kwadraat deed zijn mantel af en gespte zijn vest los.

'Voor mijn blunder verdien ik een straf,' zei hij. 'En die geef ik mezelf dan ook. Voor straf worden op mijn bovenarm de woorden: delen door nul is verboden getatoeëerd. In het Latijn, want dat is de taal van de wetenschap.'

Jonas had verwacht dat de matrozen het hiermee van harte eens zouden zijn, maar dat was niet zo. Een paar matrozen keken elkaar aan en mompelden dat ze dit raar vonden.

Een van hen stak zijn hand op en zei: 'Permissie kapitein, maar niemand hoeft zichzelf te straffen, dat moeten anderen doen.'

Kapitein Kwadraat rolde de mouw van zijn hemd verder op en schudde zijn hoofd.

'Mannen,' zei hij, 'ik kan niet anders. Ik heb jullie laten tatoeëren om jullie te leren rekenen. Ik vind dat belangrijk omdat ik niet wil dat mannen zoals jullie, mannen die hun leven wagen op zee, hun met zwaar werk verdiende geld kwijtraken aan kooplui met handige kunstjes. Ik verdien deze straf omdat ik bij dat helpen een grote fout maakte. Een fout die jullie wel eens duur had kunnen komen te staan. Ik had de straffen voor Jonas en voor Jabik kunnen intrekken, maar ik deed het niet. Daarom kan ik deze straf ook niet intrekken. Meester Eibokken, pak je naalden!'

Terwijl meester Eibokken de naalden in de inkt doopte was het doodstil aan dek. Jonas zag dat een paar matrozen hun ogen dicht hielden. Anderen staarden somber naar hun kapitein, die aandachtig toekeek en meester Eibokken de plekken wees waar hij de woorden wilde hebben.

'Het is heel eerlijk,' mompelde Lommert Knoest, 'maar het voelt toch raar dat iemand zichzelf gaat zitten straffen.'

'Ik heb het wel eens gedaan,' zei Krijn. 'Toen ik een keer vergeten was om een bericht aan mijn neef door te geven heb ik mezelf gestraft door de moestuin om te spitten.'

'Dat is toch iets anders,' zei Lommert Knoest. 'Dan doe je iets wat nut heeft. Ik bedoel: als je gevochten hebt en je hebt er spijt van, dan ga je jezelf toch ook geen blauw oog slaan? Of jezelf kielhalen?'

'Maar dit heeft wel nut,' zei Jonas. 'Want we weten nu voor

de rest van ons leven dat we geen getallen door nul mogen delen.'

Hier dacht Lommert even over na. Toen knikte hij en zei: 'Ja, dat zullen we wis en waarachtig niet gauw vergeten.'

Toen meester Eibokken klaar was rolde kapitein Kwadraat zijn mouw weer af en moest hij even diep zuchten. Hij keek een beetje onzeker naar zijn matrozen, die net zo onzeker terugkeken.

'Het staat er mooi op, kapitein,' zei Jabik Veenbaas, 'en ik wil u laten weten dat ik u de eerlijkste man vind die ik in mijn leven ben tegengekomen.'

De andere matrozen bromden instemmend. Jonas zag dat

kapitein Kwadraat daar even ontroerd van raakte. Hij voelde een hand op zijn schouder. Het was IJsbrandt.
'Help je even mee?' vroeg hij. 'Dan gaan we nog even snel kroezen bier uitdelen, zodat we op een goede thuiskomst kunnen drinken.'

Die avond zaten alle mannen die aan boord waren in een kring rond de tafel bij de grote mast. De bootsman en de matrozen, maar ook de kapitein, de stuurman en meester Eibokken. Ze dronken langzaam van hun bier en keken naar de sterren, die helder aan de hemel stonden.
'Maar er mankeert toch wel íéts aan mij?' vroeg kapitein Kwadraat opeens.
Jabik Veenbaas zei dat dat klopte. 'U bent te netjes, kapitein. Eigenlijk hoort u niet op een schip. Net als die jongen, die is ook te netjes.'
Jonas zag dat alle hoofden in zijn richting draaiden en voelde dat hij een kleur kreeg.
'Maar we zijn wel blij dat jullie er zijn,' zei Jabik Veenbaas. De matrozen knikten en bromden instemmend. Kapitein Kwadraat keek naar Jonas, glimlachte en stak zijn hand op. Jonas keek glimlachend terug. Zijn hand opsteken, daar voelde hij zich te verlegen voor. Kapitein Kwadraat stond op en hief zijn beker portwijn omhoog.
'Mannen, een toost op een veilige thuiskomst. Dat weer en wind ons goed gezind mogen zijn en dat onze volgende reis meer succes mag brengen. Op jullie gezondheid!'
'Proost kapitein,' zeiden de matrozen.
'Dan ga ik nu slapen, want het is morgen weer vroeg dag. Na het ontbijt verzamelen bij de grote mast, we gaan de tafels van een tot en met tien herhalen. Welterusten, mannen.'

'Welterusten kapitein.'

Toen kapitein Kwadraat weg was, streek Jabik Veenbaas met zijn handen over zijn voorhoofd.

'Dat is waar ook,' mompelde hij. 'Ik was die drommelse tafels helemaal vergeten.'

'Ik begin het juist een beetje te snappen,' zei Lommert Knoest. 'Sinds hij die fout maakte met dat delen door nul. Gek hè?'

'Heel gek,' zei Jabik. 'Bijna net zo gek als Baltus.'

Jonas keek naar de plek waar Baltus Baltus zojuist had gezeten, maar die was leeg.

'Ik denk dat ik vannacht ook niet aan dek slaap,' zei Lommert. 'Het begint fris te worden.'

De bootsman keek naar de sterrenhemel.

'We zitten ergens bij Ierland,' zei hij. 'Nog een paar dagen goede wind en we zijn weer op de Noordzee.'

Die nacht begon het te regenen. De druppels lieten het dek 109
glimmen en onder de zeilen spetterde het water in stralen
tegen de planken. Jonas miste de gezelligheid van slapen op
het voordek. Hij miste de verhalen en de grappen van de
matrozen en het eeuwige gekissebis tussen Jabik en Baltus.
Hij miste ook de frisse zeelucht en het uitzicht op de maan-
verlichte zee en de flonkerende sterren. Voor het eerst in
weken sliep hij weer in de benauwde kombuis, waar
inmiddels een zware damp hing van halfbedorven kaas en
ranzig spek. Het humeur van IJsbrandt paste goed bij die
lucht. Hij zat voortdurend aan tafel te zuchten en te steu-
nen, waarbij hij zich telkens halfluid afvroeg wat er van
hem moest worden, nu hij gedoemd was om platzak huis-
waarts te keren. Nou ja, dacht Jonas, terwijl hij naar het
gestage tikken van de regendruppels luisterde, in elk geval
zitten de vaten drinkwater weer goed vol. En over een uur-
tje kan ik soep rondbrengen, dan ben ik er tenminste even
uit.

Toen Jonas soep naar meester Eibokken bracht, glimlachte
die hem vriendelijk toe. Daarbij wipten de punten van zijn
getatoeëerde snor omhoog en leek het alsof de lieveheersbeestjes die op de snorpunten zaten een sprongetje maakten. Jonas grinnikte.
'Lach je om mijn snor?' vroeg meester Eibokken.
Jonas knikte. 'Hoe hebt u die snor getatoeëerd?' vroeg hij
opeens. 'Met een spiegel?'

Meester Eibokken schudde zijn hoofd.

'Die snor heb ik van de Caribs gekregen. Ik was door mijn kapitein op een eiland vlak bij Mexico aan land gezet om naar drinkwater te zoeken. De kapitein dacht dat het eiland onbewoond was, maar dat klopte niet. Er woonden Caribs en die namen mij gevangen. Ik heb twee jaar als slaaf moeten werken in hun moestuintjes. Grond omspitten, onkruid wieden en eetbare knollen opgraven. Die knollen noemden ze patatas en ze waren best lekker, al kreeg ik vaak pijn in mijn rug van het uitgraven. Omdat de Caribs vonden dat ik hun slaaf was, moest ik een tatoeage krijgen als bewijs dat ik van hen was. Die tatoeage mocht ik zelf uitkiezen en toen nam ik een snor. Op mijn hoofd groeit namelijk geen haar, omdat ik als kind een gevaarlijke ziekte heb gehad. Daarbij vielen al mijn haren uit en die zijn niet meer teruggekomen. Nu vind ik dat niet erg meer, maar toen ik zo oud was als jij vond ik het vreselijk om een kale knikker te hebben. Ik wilde haar op mijn hoofd en liefst ook een snor en bakkebaarden. Dus toen ik een tatoeage moest krijgen, heb ik voor een snor gekozen. Die hebben de Caribs op mijn bovenlip getatoeëerd en ik heb goed opgelet hoe ze dat deden. En toen ik na een paar jaar vrijkwam, heb ik die lieveheersbeestjes erbij gemaakt.'

'Bent u ontsnapt?' vroeg Jonas.

Meester Eibokken schudde zijn hoofd.

'De Caribs werden opeens ziek. Dat gebeurde toen er vlak bij het eiland een schip verging en er een paar drenkelingen aanspoelden. De Caribs gaven mij opdracht om de doden te begraven, maar zonder hun kleren. Die kleren gingen ze zelf dragen en toen kregen ze na een week allemaal de mazelen. Voor ons is dat geen gevaarlijke ziekte, maar voor hen wel. De een na de ander stierf en toen de laatste Carib doodging ben ik met een kano naar Florida gepeddeld. Daar kwam ik in het fort van een Franse zeerover terecht en die heeft ervoor gezorgd dat ik op een schip naar Holland terug kon.'

'Dus toen was u na twee jaar weer thuis,' zei Jonas.

Meester Eibokken schudde glimlachend zijn hoofd, waarbij de lieveheersbeestjes weer een sprongetje maakten.

'Nee, het schip werd onderweg gekaapt door Zwartbaard. Daar heb ik nog veel meer verhalen over, bijvoorbeeld over hoe ik zijn schatkaart op mijn buik heb getatoeëerd. Maar zeg eens Jonas, heb jij geen interesse om net als ik eerste barbier te worden? Volgens mij kun jij goed leren. Je kunt in elk geval prima rekenen, dat zei de kapitein laatst. Kun je ook lezen en schrijven?'

Jonas knikte. Hij dacht eraan dat hij niet mocht verraden wie zijn vader was en daarvan kreeg hij het benauwd.

'Bij ons in de straat was een schooltje waar je lezen en schrijven kon leren. Op maandag, woensdag en vrijdag kreeg ik van mijn moeder vijf cent en daarvoor kon ik lessen kopen.'

'Waar kom je eigenlijk vandaan?' vroeg meester Eibokken.

'Uit Scheveningen,' antwoordde Jonas.

'Maar je vader was toch koopman?' vroeg meester Eibokken. 'In Scheveningen wonen vissers en zeelui. Of staat je vader met vis op de markt? Dan ben je ook koopman, ook al heet het eigenlijk anders.'

'Mijn vader staat niet op de markt. Hij...' Jonas wist even niet meer wat hij zeggen moest.

'Ik weet het niet,' zei hij toen. 'Hij is koopman, gewoon. Hij maakt reizen en komt weer terug.'

Jonas zag dat meester Eibokken hem even onderzoekend aankeek.

'Je moet er maar eens over nadenken,' zei hij. 'Als je barbier wilt worden moet je veel lezen. Je moet niet alleen haren knippen en kinnen scheren, je moet ook wonden verbinden en kiezen trekken. Je moet gebroken botten rechtzetten en drankjes maken die helpen tegen scheurbuik en ontstoken ogen en longen. Hoe dat moet, staat allemaal in boeken. Die kan ik samen met je doorlezen. En ik kan voordoen hoe je een gebroken been rechtzet, hoe je een kies trekt en hoe je een grote wond verbindt. Barbier is een goed beroep, je kunt er ook aan wal je brood mee verdienen. Als je het wilt worden moet je het tegen mij zeggen. Dan zal ik bij kapitein Kwadraat een goed woordje voor je doen. Afgesproken?'

'Afgesproken,' zei Jonas.

Jonas was blij dat hij uit de hut van meester Eibokken weg was. Hij had het flink benauwd gekregen van dat gevraag. Maar zijn opluchting duurde niet lang, want IJsbrandt was flink knorrig.

'Waar bleef je zolang?' foeterde hij. 'Mijn soep verdampte bijna. Je bleef wel een uur weg.'

Jonas antwoordde dat meester Eibokken hem aan de praat hield, maar toen wilde IJsbrandt meteen weten waar het gesprek over ging. Dit bracht Jonas opnieuw in het nauw. Hij wilde in geen geval iets over zijn vader zeggen en flapte er dus maar uit dat meester Eibokken hem tot barbier wilde opleiden.

'Zie je wel!' foeterde IJsbrandt. 'Zo gaat het altijd! Als ik een domme koksmaat heb mag ik hem houden. Maar tref

ik een keer een slimme, dan wordt hij al op zijn eerste reis
bij mij weggehaald! Barbier, dat had ik ook wel willen worden! Maar ik mocht niet, ik moest kanenbraaier worden.
Omdat niemand anders wou en de matrozen toch moesten
eten. Nou, wat sta je daar. Breng die soep rond en haast je
een beetje. Hier, aanpakken en wegwezen!'

De matrozen reageerden al even knorrig.
'Lauwe soep,' mopperden ze. 'Hebben we daar al die tijd op
staan wachten.'
Jonas zuchtte. Een paar weken geleden was ik de grote
held, dacht hij. En laatst vonden ze allemaal nog dat ik geen
straf moest krijgen. Maar nu...
Jonas deelde snel de soep uit en ging op het voordek zitten.
Daar had hij rust, maar die duurde niet lang.

Hoog uit het kraaiennest klonk de stem van Jabik Veenbaas: 'Land in zicht!'

Even later stonden alle matrozen op het voordek. Kapitein Kwadraat schoof zijn kijker uit en riep naar het achterdek: 'Recht zo die gaat stuurman! We liggen pal voor onze thuishaven!'

Even later zag Jonas een groene streep aan de horizon. 'Ik kan Brandarius zien liggen,' riep Jabik Veenbaas vanuit de mast. Terwijl alle matrozen hun ogen inspanden om hun thuishaven te zien, keek Jonas de andere kant op. Aan de horizon zag hij iets wat hij al eerder had gezien: de mast van een schip. Het lijkt dezelfde mast wel, dacht Jonas. Toen schudde hij zijn hoofd. Onzin, dacht hij, alle masten zien er gewoon hetzelfde uit.

'Er staat al volk op de kade,' zei Krijn. 'Ik zie mijn moeder en mijn tante.'

Kort daarna sloeg de opgewekte stemming om.

'Nu staan ze vrolijk te zwaaien,' mompelde de bootsman. 'Maar wacht maar tot ze horen dat we met lege handen terugkomen. Dan zwaaien ze niet meer.'

Baltus Baltus knikte instemmend.

'Als mijn vrouw hoort dat ik platzak ben...'

'Dit wordt in elk geval geen vrolijke avond,' zei Lommert Knoest.

'Niet zo somber, mannen,' zei Jabik Veenbaas. 'We leven nog. En we zijn terug. De helft van ons had nu dood op een vulkaan kunnen liggen. En met een beetje pech zouden de anderen nu met afgebrande zeilen voor de kust van Brazilië heen en weer dobberen.'

Baltus zuchtte zo diep, dat het bijna griezelig was.

'Al dat goud,' mompelde hij. 'We hadden rijk kunnen zijn. En nu... Nu moet ik mijn buren om brood vragen.'

Dit keer moest ook Jabik diep zuchten. 'Weten jullie nog dat ik in de goudkorrels zwom? Mijn zakken scheurden er bijna van, zoveel goud zat erin.'

'Nu stoppen,' zei kapitein Kwadraat luid. 'Mannen, dit heeft geen zin. Ik wil met jullie afspreken dat we zo snel mogelijk weer uitvaren. Met een beetje geluk kunnen we voor de winter nog een reis maken die hopelijk wat meer oplevert dan deze. Maar elkaar de put in praten dient geen enkel nut. Ik stel daarom voor dat we daarmee ophouden. Komaan mannen, allemaal je kooi schoonmaken en je spullen inpakken. Jonas, maak jij de watervaten schoon? Met al die regen van de laatste dagen zullen ze aardig vol zitten. Je moet al het water eruit scheppen en daarna de algen van de binnenkant vegen. Dat moet heel secuur gebeuren, anders gaan de vaten stinken en hebben we op de volgende reis vies drinkwater.'

'Ik help je wel even,' zei Krijn. 'Dan kunnen we straks tegelijk van boord. Samen uit, samen thuis.'

Jonas schepte een emmer water uit het eerste vat, maar hij gooide het niet overboord. In plaats daarvan keek hij verbaasd in de emmer.

'Allemaal visjes,' zei Krijn. 'En moet je die kleuren zien, het lijken wel edelsteentjes.'

'Die geef ik aan mijn kinderen,' zei de bootsman. 'Dan heb ik toch nog een leuke verrassing voor ze.'

116 Van meester Eibokken kreeg Jonas een kist met glazen potjes. In elk potje schepte hij water en een paar felgekleurde
visjes. Alle matrozen die aan wal stapten kregen een potje
mee, die ze trots aan hun vrouw en kinderen lieten zien.
Toen Lommert Knoest als laatste van boord ging had Jonas
nog een heleboel potjes en visjes over.

'Kapitein, dit zijn zoetwatervisjes,' zei hij. 'Als ik ze hier in
zee gooi gaan ze dood.'

'Wacht nog maar even, Jonas,' zei kapitein Kwadraat. 'Er
komen mensen naar ons toe. Misschien kunnen we toch
nog wat verdienen.'

Jonas keek verbaasd naar de kade. Daar stonden drie vrouwen, die vroegen of ze visjes konden kopen.

'We betalen vijf cent per visje,' zei een van de vrouwen. 'En
we willen er zes kopen. Is dat goed?'

Jonas knikte en schepte zes visjes in een potje. Toen de
vrouwen drie dubbeltjes hadden betaald keek Jonas in de
ton. Hij probeerde de visjes te tellen, maar dat lukte niet.
Hij zag honderden visjes rondzwemmen, misschien wel
duizend. Kapitein Kwadraat zag het ook.

'Ze hebben onderweg jongen gekregen,' zei hij.

'Hoeveel zijn deze visjes waard?' vroeg Jonas.

Kapitein Kwadraat haalde zijn schouders op. 'Dat moeten
we afwachten,' zei hij. 'Net wat de mensen ervoor willen
betalen. Kijk, er komt nog meer volk de kade op. Het
nieuws gaat blijkbaar als een lopend vuurtje.'

In de tijd die volgde kreeg Jonas niet veel rust. Steeds meer mensen kwamen naar het schip omdat ze visjes wilden kopen. Een man met een blauwe pet kocht er zelfs tien tegelijk. Even later was hij weer terug en wilde hij er twintig kopen. Jonas vond dat vreemd, maar kapitein Kwadraat begreep wat er aan de hand was.

'U hebt die eerste tien visjes voor een dubbeltje per stuk verkocht,' vroeg hij.

Toen de man met de pet knikte, zei kapitein Kwadraat tegen de wachtende mensen: 'Dit zijn de laatste visjes die wij voor vijf cent verkopen. De prijs gaat omhoog naar een dubbeltje.'

'Dat is niet eerlijk,' mopperden een paar vrouwen.

'Deze visjes komen helemaal uit Brazilië,' zei kapitein Kwadraat. 'En ze zijn bijna op. Een dubbeltje is eigenlijk nog veel te goedkoop.'

'Dan bied ik een kwartje,' riep een man met een donkere hoed. 'En ik wil er tien hebben. Alsjeblieft, hier is een daalder.'

De man legde een grote zilveren munt in Jonas' hand. Die keek snel in de waterton en zag dat er nog honderden visjes waren.

'Zal ik ze opscheppen?' vroeg een bekende stem. Jonas keek op en zag dat IJsbrandt terug aan boord was gekomen. Bij de loopplank zag hij Jabik en Lommert staan. Op de kade stond een lange rij mensen, die allemaal naar het schip keken.

Even later waren de taken verdeeld. IJsbrandt schepte de visjes uit de ton, Krijn deed ze in de potjes, Jabik en Lommert zorgden ervoor dat niemand voordrong en Jonas pakte het geld aan, een kwartje per visje. De visjes gingen

vlot van de hand en al snel begon IJsbrandt in het tweede
watervat te scheppen. Jonas keek naar de kade. Hij zag dat
de rij niet korter werd en maakte zich zorgen. Zouden ze
wel voor iedereen genoeg visjes hebben? De mensen die in
de rij stonden werden ook onrustig. Achteraan stond een
groepje mannen die luid praatten en ruzie maakten met de
mensen die voor hen stonden.

'Wij bieden meer,' brulde een grote kerel met rauwe stem.
'Jullie kunnen beter weggaan, wij bieden het meest! Hoepel
maar op jullie!'

Vrouwen en kinderen schrokken daarvan en liepen uit de
rij, die meteen een flink stuk korter werd. Jonas keek naar
het groepje mannen. Ze waren met zijn vijven en droegen
allemaal hoeden. Voor hun monden droegen ze halsdoe-
ken, zodat je hun gezichten niet goed kon zien.

'Wij betalen het meest,' brulde de grootste man van het
groepje over de kade. 'Daar kunnen jullie niet tegenop, stel-
letje armoedzaaiers! Dus allemaal wegwezen! Die diamantvisjes zijn voor ons!'

Een paar mannen liepen nu ook weg uit de rij. Maar anderen bleven staan en schreeuwden naar het schip: 'Ik bied
vijf daalders per visje! Ik bied zes! Ik zeven!'

Daarop bulderde de grote kerel met de hoed: 'Daalders zijn
van zilver! Ik bied goud, puur goud! Horen jullie dat, stel-
letje addergebroed!'

Terwijl de ruzie op de kade steeds luider werd, stapte kapitein Kwadraat naar Krijn toe. 'Krijn, jij weet de weg in deze
haven. Pak de roeiboot die achter het schip ligt en ga aan
land. Ren naar de huizen van onze matrozen en zeg dat ze
zo snel mogelijk terug aan boord moeten komen. Hoe sneller hoe liever en hoe meer hoe beter. Begrepen?'

Krijn knikte en haastte zich naar het achterdek. Kapitein Kwadraat liep nu naar Jonas toe.

'Jonas, doe jij de visjes in de potjes en laat mij de geldzaken verder afhandelen. Zet deze kist met geld in mijn kajuit, dan is dat alvast veilig. En neem een lege kist mee terug.'

Jonas deed wat de kapitein hem opdroeg. Hij sjouwde de kist met het geld naar de kajuit, bracht een lege kist naar het dek en ging daarna IJsbrandt helpen, die de visjes voor hem opschepte.

'Het zijn er niet heel veel meer, kapitein,' mompelde IJsbrandt. 'Ik denk dat ik er hooguit nog vijftig heb.'

Jonas keek naar de rij mensen op de kade. Door de dreigementen van de vijf mannen waren er weer een paar weggevlucht, maar er stonden nog minstens twintig mannen.

'De laatste visjes mensen,' riep kapitein Kwadraat opeens. 'Tien zilveren daalders per visje is geboden. Wie biedt er meer dan tien zilveren daalders?'

'Ik!' brulde de kerel met de hoed. 'Ik bied tien daalders in goud! Puur goud!'

Jonas keek naar kapitein Kwadraat. Die knipoogde.

'Tot nu toe gaat alles naar wens, Jonas,' zei hij zacht. 'Hou straks je mond en laat het niet merken als je iemand herkent.'

Jonas wierp snel een blik op de kade, maar keek meteen daarna weer naar IJsbrandt. Die schepte drie visjes omhoog en goot ze in het potje dat Jonas voor hem omhoog hield. 'Drie visjes voor dertig daalders in puur goud,' riep kapitein Kwadraat. 'Wie ze voor deze prijs hebben wil mag ze komen halen.'

De grote kerel met de hoed stapte de loopplank op. Hij hield zijn halsdoek voor zijn mond, maar Jonas zag een stuk van een litteken. Toen zag hij op de hoed van de kerel een kleine witte doodskop.

'Kapitein,' fluisterde Jonas. 'Dat...'

'Jonas?' zei kapitein Kwadraat op dreigende toon. Jonas deed met een klap zijn mond dicht en hield zijn adem in. De vermomde kerel boog zich naar de kapitein. Hij haalde zijn hand uit zijn jaszak en vouwde zijn vingers open. In de handpalm blonken goudkorrels. Kapitein Kwadraat knikte ernaar en zei: 'Daar kunt u vier diamantvisjes van kopen.'

'Vier? Ik wil er tien,' gromde de man.

Hij gooide de goudkorrels in de kist en haalde een nieuwe hand goudkorrels uit zijn zak.

'Dat is genoeg voor twee,' zei kapitein Kwadraat.

'Twee?' snauwde de kerel. 'Hoe kan dat nou? Daarnet kreeg ik er nog vier voor een handvol goud.'

'Ja, maar dat was daarnet,' zei kapitein Kwadraat. 'Deze visjes verdubbelen telkens in waarde. In het begin kostten ze een dubbeltje en daarnet betaalden de mensen er grif tien daalders voor. Nu kosten ze een halve handvol goud per stuk. Straks zullen ze een hele handvol goud per stuk kosten en daarna...'

'Dan koop ik nu meteen alle visjes,' schreeuwde de kerel.
Hij stond op gooide al het goud dat hij in zijn zakken had
in de kist.
Kapitein Kwadraat keek er aandachtig naar en schudde zijn
hoofd.
'Dat is niet genoeg,' zei hij. 'Als u alle visjes wilt kopen,
moet u meer betalen. Zojuist was hier een koerier met het
bericht dat een schatrijke koopman uit Harlingen naar ons
onderweg is. Hij wil visjes kopen als geschenk voor een
barones met wie hij wil trouwen. De koopman heeft edel-

stenen, zilver en rollen zijde bij zich. Die wil hij ruilen voor deze diamantvisjes.'

'Sch... schatrijke ko... koopman?' stamelde de kerel. Toen haalde hij diep adem en zei luid: 'Maar ik was eerst! Dus heb ik recht op eerste koop!'

'Dat klopt,' zei kapitein Kwadraat. 'Maar dan moet u wel hetzelfde bieden als de koopman. Anders vervalt dat kooprecht, zo zijn de regels.'

De kerel draaide zich naar zijn makkers, die op de kade stonden.

'Mannen, haal de kist,' bulderde hij. 'Nu meteen! Wie niet gehoorzaamt hak ik in moten!'

Jonas hoorde geschuifel achter zich. Hij keek om en zag de bootsman, een paar matrozen en meester Eibokken. Ze liepen zachtjes naar het achterdek, waar de man met de hoed hen niet kon zien.

'Het duurt even,' zei hij. 'Mijn schip ligt in een inham achter het duin.'

Toen hij zich omdraaide zag Jonas in een flits de handgreep van een kapmes onder zijn mantel. Hij begreep meteen waarom kapitein Kwadraat zijn mannen terug aan boord had laten halen. Als de kerel de visjes eenmaal in handen had, kon hij het betaalde goud makkelijk terug roven. De kerels waren immers met vijf man en zwaarbewapend, terwijl kapitein Kwadraat twee jongens en twee ongewapende matrozen had.

Jonas voelde zijn maag samentrekken. Koerier? Er was helemaal geen koerier geweest. Wat als de kerels doorkregen dat het een list was? Jonas haalde diep adem en telde zijn hartslagen. Wat als ze hun hoofdman hier lieten staan en er met het goud vandoor gingen? Wat als ze met zijn allen terug zouden komen, bewapend met pistolen en musketten, en de visjes zouden roven en de kist met dubbeltjes en daalders erbij? Dan waren ze voor de tweede keer alles kwijt. Wat als... Jonas hoorde geschreeuw op de kade. Hij zag vier kerels, die een zware kist met zich meezeulden.

'Zijn we nog op tijd?' riep een van de mannen.

Even later stond de kist met de goudkorrels aan dek. Terwijl IJsbrandt de laatste visjes uit de waterton schepte, gaf kapitein Kwadraat de vijf kerels ieder een potje met visjes erin. 'Denk eraan,' zei hij ernstig, 'dit zijn diamantvisjes. Deze visjes verdubbelen telkens in waarde. Jullie moeten er dus twee kisten met goud voor vragen, als jullie ze willen verkopen. Maar jullie kunnen ze ook jongen laten krijgen, dan hebben jullie straks honderd keer zoveel visjes.'

'Die zijn dan honderd kisten met goud waard,' zeiden de kerels tegen elkaar. 'Dat doen we, mannen! We laten onze diamantvisjes jongen krijgen!'

Hierna werd het opeens even stil. Jonas zag dat de kerels eerst naar de kist met goudkorrels keken en daarna naar elkaar. Hij zag dat de hand van de grootste kerel onder zijn mantel verdween en daar iets vastpakte.

Maar net toen de kerel zich met een ruk omdraaide, klapte kapitein Kwadraat in zijn handen en riep: 'Alle hens aan dek!' Meteen daarna klonken er overal voetstappen. Jonas zag de bootsman, de stuurman, meester Eibokken en een hele groep matrozen. Ze hadden allemaal knuppels en messen in hun handen.

'Een list,' brulde de kerel. 'Ze willen onze visjes terugstelen! Snel van boord, mannen! Maak dat je wegkomt!'

Toen de vijf mannen over de loopplank naar de wal vluchtten liet de grote kerel zijn halsdoek los.

'Zei ik het niet, kapitein,' fluisterde Jonas. 'Het is Zacharias Hooij!'

'Zo gaat het nou altijd met hem,' vertelde Lommert Knoest. De mannen zaten in een kring om de zwarte tafel bij de grote mast. 'Hij is echt zo dom als een eend. Hij doet een doek voor zijn mond om niet herkend te worden. Maar dat hij een doodskop op zijn hoed heeft, vergeet hij. En dat dit de geldkist is die hij van ons heeft gestolen vergeet hij ook.'

'Zijn we toch nog rijk,' zei Baltus Baltus.

'Nog rijker,' zei Lommert, 'want we hebben ook nog een heleboel dubbeltjes en daalders verdiend.'

Jonas slaakte een zucht van opluchting die uit zijn tenen leek te komen.

'Wat zucht je?' vroeg Krijn.

Jonas voelde dat hij een kleur kreeg. Hij wilde niet praten, maar hij kon zich niet meer inhouden.

'Ik was bang dat ik ongeluk bracht,' zei hij. 'Dat het door mij kwam dat we zonder geld terug kwamen.'

Jabik wilde wat zeggen, maar hij kreeg de kans niet. Jonas bleef aan het woord en ging steeds sneller praten.

'Dat ik de pech van mijn vader heb geërfd. Want mijn vader heeft namelijk altijd pech, daarom zei ik ook niet mijn echte naam toen ik aan boord kwam. Ik heb de naam van mijn moeder gezegd, die Spaans heet. Nu kan het zijn dat je dan zelf ook Spaans heet, zoals bij onze overburen. Die heten allebei Spaans, dus heten hun kinderen ook zo.'

'Net als bij mij,' zei Baltus Baltus. 'Mijn moeder heette

Baltus van haar achternaam, mijn vader ook en toen hebben ze mij als voornaam ook nog eens Baltus gegeven.'
Jonas lette er niet op en ratelde verder.
'Maar mijn vader heet geen Spaans, hij heet anders, net als ik. Maar als ik mijn echte naam noem, wil niemand met mij varen. Ik heb dat drie keer geprobeerd en ik werd drie keer uitgelachen en weggestuurd. Daarom zei ik de naam van mijn moeder toen ik aan boord kwam. Eigenlijk heet ik dus anders. Maar als ik die naam gezegd had, was ik vast en zeker weggejaagd.' 125
'Dan was ik dood geweest,' zei Jabik Veenbaas.
'En zouden wij nu met afgebrande zeilen ergens dobberen,' zei de bootsman.
'En hadden die visjes niet in onze watertonnen gezeten,' zei Lommert Knoest.
'Maar wat is dan je echte naam?' vroeg Krijn.
Jonas haalde diep adem. Hij voelde zijn hart bonken. Zijn buik verkrampte.
'Nou?' vroeg Krijn.
'Sprenkeling,' zei Jonas met een zucht.
Even was het doodstil aan dek.
'Krijg nou wat,' zei de bootsman. 'De zoon van schipper Drenkeling.'
'Dan hadden we je inderdaad niet meegenomen,' zei Lommert.
'Ik wist het,' mompelde IJsbrandt. 'Vanaf dat hij aan boord stapte werden de voortekens slecht. Ik begreep niet hoe het kon, maar nu snap ik het wel. Hij is een onheilsbode.'
'Zo te horen wil je liever niet meer met hem varen,' vroeg meester Eibokken zoetsappig.
Even leek het erop dat IJsbrandt daarop 'ja' zou antwoor-

den. Toen keek hij meester Eibokken opeens wantrouwig aan en zei: 'En dat Jonas dan bij jou in de leer gaat zeker. Dat gaat mooi niet door, hoor je dat!'

Kapitein Kwadraat klapte in zijn handen en vroeg om aandacht. 'We gaan het goud verdelen, mannen. Jabik doe je hemd omhoog. We willen zien wat er op je buik is geschreven!'

Jabik keek eerst boos, maar toen hij merkte dat iedereen moest lachen trok hij mopperend zijn hemd uit. Op zijn buik stond de staartdeling: 156 pond goud gedeeld door 23. Terwijl kapitein Kwadraat de goudkorrels afwoog begonnen de matrozen te praten over wat ze allemaal gingen kopen.

'Zullen we straks ergens een sloep lenen en Jonas naar Scheveningen brengen,' zei Lommert Knoest. 'Dat heeft hij wel verdiend. Bovendien is het niet verantwoord om hem met zoveel goud in zijn eentje van hier naar huis te laten lopen. Wat vinden jullie?'

'Laten we dat eerst doen,' zei de bootsman. 'Dan pikken we hem daar op onze volgende reis ook weer op. Als hij tenminste nog met ons wil varen.'

'Wil je dat?' vroeg Lommert Knoest aan Jonas.

'Dan kun je bij mij in de leer,' zeiden IJsbrandt en meester Eibokken tegelijk.

'Dat gaat niet door,' zei kapitein Kwadraat beslist. 'Jonas, op de volgende reis word je mijn assistent. Ik ga je opleiden tot stuurman. Wil je dat?'

Jonas glunderde van oor tot oor.

'Dat wil ik heel graag, kapitein!'

Inhoud